潘神大帝

The Great God Pan

［英］阿瑟·梅琴——著

李晓琳——译

上海文艺出版社
上海故事会文化传媒有限公司

编委会

总策划 夏一鸣

主　编 黄禄善

副主编 高　健

编辑成员（按姓氏拼音为序）

蔡美凤　高　健　洪圣兰　胡　捷

黄禄善　吴　艳　夏一鸣　杨怡君　朱崟滢

名家导读

/肖惠荣

肖惠荣（1980— ），女，江西樟树人，文学博士，2008年毕业于北京师范大学比较文学与世界文学专业，现为江西师范大学文学院教师，兼任江西师范大学叙事学研究中心副主任、江西省外国文学学会副秘书长，主要从事外国文学及叙事学的教学与研究工作。已在《外国文学研究》《甘肃社会科学》《江西师范大学学报》（哲社版）等核心刊物发表相关学术论文数篇，其中《叙事的无所不在与叙事学的与时俱进》（第一作者）被人大复印资料《文艺理论》转载。译著有《香烟、高跟鞋及其他有趣的东西：符号学导论》（第一译者），主持江西省社科规划课题、江西省高校人文社科课题、江西省哲学社会科学重点研究基地重点课题各一项。

从19世纪初，英国浪漫主义诗人雪莱的妻子——玛丽·雪莱发表科幻惊悚小说《弗兰肯斯坦》（1818年）开始，对超自然灵异力量的书写便成了英国文学史中无法回避的一个文学现象，特别到了19世纪末20世纪初，斯蒂文斯、王尔德等一批作家加入该领域，他们的名篇佳作至今还被读者津津乐道。受斯蒂文斯的影响，阿瑟·梅琴（以下简称梅琴）在世纪之交也加入了这个队伍中，他在自己的作品中创作出了一种"令人愉悦"的恐怖。尽管国内的读者对梅琴这个名字并不熟悉，但在恐怖小说的发展史中，他却是位殿堂级的大师，甚至有人将其称为"超自然恐怖文学四大名家之一"。这位出身于威尔士凯尔特世家的作家，少时终日与荒山野岭相伴，乡间随处可见的罗马古建筑吸引了他的眼球，他试图在刻录时代印记的墙壁上、铺满雕饰的路面上捕捉神秘主义的气息。家乡的人文历史、自然环境与梅琴的创作天赋一经碰撞，他走上恐怖小说的创作之路似乎也成为一种必然，他在这个领域所取得的成就也印证了这一点。

霍华德·菲利普·洛夫克拉夫特（Howard Phillips Lovecraft）被誉为是神秘力量的代言人，他在《文学中的超自然恐怖》（Supernatural Horror in Literature）一书中对梅琴给予了极高的评价，认为梅琴将恐怖小说提升到了一个新的艺术境界。该书收录了其六部中短篇小说，分别为《潘神大帝》《绿色笔记本》《神秘图案》《哈喽！圣·乔治》《回家》以及《琴声》，其中《潘神大帝》令梅琴在文坛声名鹊起。史蒂芬·金毫不掩饰自己对《潘神大帝》这部短篇小说的喜爱之情，直言不讳地指出："《潘神大帝》可能是用英语写成的最棒的恐怖故事。"洛夫克拉夫特也在其著作《敦威治恐怖事件》中表达对梅琴《潘神大帝》的致敬与赞美。尽管这部小说发表于19世纪，但从叙事形式上看，它与现代主义小说更具亲缘关系，多条线索交织在一起，为本就恐怖的故事更添了一股神秘的气息。

《潘神大帝》为什么会得到如此多大家的溢美之词？要想得到答案，我们必须从这部小说的故事入手。故事的起因来自外科医生瑞蒙德博士的一场科学实验。瑞蒙德是位医学发烧友，在他看来，只要技术得当，人类就能冲破理性与非理性之间的界限，窥见精神世界的神秘地带，即"撩开大地面纱……看见潘神大帝（Pan）"。潘是古希腊神话中的牧羊神，半人半羊状，长着一对羊角和一双羊蹄，一眼望去，令人骤生毛骨悚然之情。与希腊神话中其他神灵一样，潘身兼数职，他还是丰收之神、森林之神以及恐惧之神，"panic"一词就是从"Pan"中衍生而来。潘神和酒神是一对好朋友，他们经常成对出现在西方油画中，这两尊大神也代表着希腊神话中的非理性精神。潘神也是希腊神话中唯一一位生命走向终结的神灵，19世纪的女诗人伊丽莎白·布朗宁在诗中感叹潘神的死亡让"陈旧的大地丧失了神秘的幻象"。但瑞蒙德坚信，潘神从来没有离去，他一直驻扎在人类大脑的某一区域中，神秘得令人不寒而栗。通过重组细胞、脑部手术能让潘神大帝暴露在人类的视野中，"灵魂将注视着精神世界"。精神世界的神秘感也就不复存在，一切都将居于理性的统治之下，这将是用科学对抗古老传统神话的一次伟大胜利。

在这样一个观念的引领之下，瑞蒙德投身于超验医学数十载，为实现自己的实验目标夜以继日，废寝忘食。在一切准备就绪后，他邀请了绅士克莱克作为见证人，准备在自己的养女玛莉身上实现这一伟大的科学梦想。客观地说，他似乎具备了成功的前提，不仅有远大的抱负，行动力也非同一般，仪器和各类药品不可谓不齐全，但令瑞蒙德没有想到的是，他所实施的脑部手术不仅没有达到预期的目标，反而让玛莉变成了一个只会露出痴汉般笑容的傻子。当玛莉从手术中清醒过来后，她的脸上也曾交替显露出惊讶和恐怖之情。雷蒙德对此的解释是，在这一刻，玛莉看见了潘神。然而，强大的潘神却悄悄以某种形式开始实施他的疯狂反扑计划，他频频出现在人们的视野中，在伦敦这个被称作"灵魂复活的城市"，其凶神恶煞的生动面容、令人胆裂魂飞的变形过程造成了多人伤亡，甚至一度引发了伦敦上流社会贵族绅士们的连环死亡疑案，人类为瑞蒙德的实验付出了惨重的代价。

这部小说给人以扑朔迷离之感，不仅在于故事内容的恐怖离奇，还源自叙述角度的不断变换、故事线索的时断时续。从情节发展的角度来看，对神秘主义有着疯狂热情的克莱克似乎来得比瑞蒙德更为重要一些，他才是整个故事的枢纽——不仅目睹了瑞蒙德实验的全过程，还见证了实验完成后一件件匪夷所思的恐怖事件，借助克莱克的视角，我们才能从凌乱的多角度叙述中还原事实真相。

19世纪末至20世纪初也是科技大行其道的时代，科技的日新月异每天都在刷新人类对于整个世界的认知。在科技理性的驱使之下，人类似乎无所不能。站在世纪之交，梅琴没有随波逐流，而是以一种异常清醒的态度反思科技理性的局限性。他借助《潘神大帝》这样的作品向科技理性的妄自尊大发起挑战——古老的神话故事可能蕴藏着人类无法破解的恐怖真理，那些以技术手段重组灵魂神秘地带的努力，虽然能让潘神重现人间，最终导致的结果却只能是人类肉体与灵魂的消亡。在我们展开双手，欢欣鼓舞拥抱智能科技的今天，阅读《潘神大帝》的意义不仅是回顾，更是一种警示，它似乎在劝诫我们：在理性无法到达的地方，不要随意揭下非理性的神秘面纱，为想象和传说留一点空间。

Contents

潘神大帝　1

绿色笔记本　73

神秘图案　121

哈喽！圣·乔治　153

回家　158

琴声　163

潘神大帝

一

"克莱克，你来了，我很高兴，真的很高兴，我之前还不敢肯定你能抽出时间来我这。"

"我可以匀出几天，目前生意不太景气。可是，瑞蒙德，你难道没有丝毫顾虑？你有把握这是绝对安全的吗？"

他们在瑞蒙德医生房屋前面的坡地上慢慢踱步。太阳斜向西边山峦，洒下淡淡的红光，一阵和风从山坡上的树林中吹来，不时传来野鸽叽叽喳喳的轻柔叫声。远处是美丽狭长的山谷，一条小河在荒凉的山丘之间蜿蜒流淌。当夕阳残照最终从西边消失殆尽的时候，一抹纯白色的薄雾开始从山中升腾。瑞蒙德医生猛然转过身,面向他的朋友。

"安全?当然安全。手术本身极其简单,任何一个医生都能做。"

"其他步骤也没有任何危险?"

"没有,绝对没有任何危险,我敢向你保证。克莱克,你一贯胆小,但你知道我的经历,在过去的二十年里,我一直投身于超自然医学事业。尽管别人叫我江湖医生、庸医、骗子,但我始终知道自己走的路是正确的。五年前,我实现了目标,从那以后,我就每天都在为今晚我们要进行的事情做准备。"

"我愿意相信这一切都是真的。"克莱克皱起眉头,心怀疑虑地看着瑞蒙德医生,"你非常自信自己的理论不是一种幻觉——这当然很美好,但毕竟这只是你的幻想而已吧?"

瑞蒙德医生停下脚步,突然转过身来。他时值中年,削瘦憔悴,脸色蜡黄,回应克莱克的话时,两颊竟泛起一阵红晕。

"克莱克,看看你的周围。那条山脉峰峦叠嶂,连绵起伏,还有那片树林与果园、成熟的麦田和毗邻河边芦苇滩的肥沃草地。你看着我站在你身边,听着我的声音。而我要告诉你,所有这一切——是的,从天上刚刚闪亮的星星,到我们脚下踏着的坚实土地——都只是幻象和影子。这些影子好像一层面纱将真实世界掩藏起来,真实世界的确存在,但我们无法看见。我不知道是否曾经有人掀开过这层面纱,但我知道，克莱克，就在今晚，你我将会见证这层面纱从别人眼前被揭开。你也许认为这一切纯属奇谈，一派胡言，但这的确是真的。古人了解撩起大地面纱意味着什么，他们称之为拜见伟大的潘神大帝。"

笼罩在河面的白色雾霭寒气袭人，克莱克身体在瑟瑟发抖。

"确实太奇妙了，"克莱克说，"瑞蒙德，如果你说的都是真的，那么我们正站在神奇世界的边缘。我想手术是非做不可了？"

"是的，只是大脑略有损伤，某些细胞进行微小的重组而已，一百个医生中有九十九个都会忽略这些细微变化。克莱克，我可能要说一堆专业术语，但你会明白的，可能你偶然间从报纸里了解到，近来大脑生理学领域取得重大飞跃，我从报纸上看过迪格拜的理论和有关布朗·菲伯新发现的文章，这些理论和发现我十五年前就做到了。想到或许有其他人也在探寻同样的目标时，我常常浑身发抖。

"十多年来，我坚持在黑暗中摸索，熬过多少个失望的日日夜夜，有时甚至是绝望。在如此漫长的努力之后，终于一阵惊喜震撼了我的心灵，我明白长征已到尽头。偶然间，我在已追寻上百次的熟悉途径上出现了片刻思维空白的迹象，伟大的真理突然降临到我身上。于是我看见，一个完整的世界，未知的天地被勾勒在我眼前。陆地、岛屿，还有广阔的海洋，我相信上面还没有船只航行，因为这是人类第一次抬起头，注视天空的太阳和星星，以及脚下平静的大地。

"克莱克，你会认为我的话很夸张，但这很难不夸张。我不清楚我所暗示的事情能否用简明扼要的词句来表达，比如，我们如今的世界缠满了电话线和电缆，假设今天的电学家突然发现他和朋友们实际上一直只是在玩弄鹅卵石而已，却误将这些当作世界的基础；假设他发现外层空间在如今天空的前面敞开，人类的语言飞向太阳，并越过太阳进入外层体系，而人类用声带发出的声音却在荒芜的苍穹中回荡，束缚住我们的思想，那会怎么样呢？

"我所做的实验与这些情况有十分惊人的相似之处，你现在可以稍微理解我站在这里的感受了。那是一个夏日的夜晚，山谷看上去和现在非常像。我站在这里，看着眼前这难以名状、无法想象的万丈深渊将两个世界——物质世界和精神世界——分开，巨大空寂的山谷隐约可见，就在这时，一条金光大道从眼前跃出，跨越无底的深渊，通向无人知晓的彼岸。

"如果你愿意，可以查阅一下布朗·菲伯的书，你会发现直到现在科学家还无法解释客观现象存在的原因，或者指明大脑中某组神经细胞的功能。这组细胞只不过像是一块租赁的土地，存放空想理论的废墟。我没有处在布朗·菲伯和那些专家的位置，而是以完全受教育者的身份，接受到有关那些神经中枢在整个系统中的指导作用。其实轻轻一触，我就可以将神经细胞调动起来；轻轻一触，我就可以打开思绪；轻轻一触,我就可以完成这一理性世界与大脑中某组神经细胞功能之间的联络。是的,手术是必须的,但是想一想手术的影响,它将彻底铲平理性世界的坚实壁垒,而且很有可能,自人类诞生以来第一次,灵魂将注视精神世界。克莱克,玛莉将会看到潘神大帝!"

"可是你还记得写给我信中的内容吗?我本来以为她有必要——"

他对着医生的耳朵低声说完剩下的话。

"绝对不是,绝对不是,胡说八道。我敢向你保证,这样的确更好,对此我有相当的把握。"

"好好考虑一下这件事,瑞蒙德,这事责任重大,有可能会出错,那以后的日子你就苦了。"

"不,我不这么认为,哪怕出现最糟糕的情况。正如你所知,当玛莉还是个孩子的时候,我就将她从阴沟里、从几乎饿死的境地中解救出来。我觉得她的生命就是我的,在我认为合适的时候可以使用。快,天色不早了,我们最好进屋。"

瑞蒙德医生走进屋子,穿过大厅和黑魆魆的过道,掏出钥匙,打开一扇大门,示意克莱克进实验室。这里原来是台球室,屋顶中央由玻璃圆顶照亮。医生点亮一盏带有大灯罩的灯,放在屋子中央的桌子上。

克莱克环顾四周,几乎没有一英寸的墙壁空着。四面全都是货架,装满了各种形状和颜色的瓶瓶罐罐,一端立着一只奇彭代尔式小型书柜。瑞蒙德指着它说:"你看见那张羊皮纸上的欧斯沃德·克劳力斯吗?他是首先给我指路的人之一,尽管我认为连他自己都未曾找到过潘神大帝。他有一句奇特名言:'每一粒小麦中都隐藏着星星的灵魂。'"

实验室里没有多少家具。中间放着桌子,一处墙角上有一块带导管的石板,还有瑞蒙德和克莱克正坐着的两把扶手椅,在屋子的最远端有一把样式古怪的椅子,仅此而已。克莱克看了看椅子,扬起眉头。

"是的,就是这把椅子。"瑞蒙德说着,站起来,将椅子推到灯光下,然后熟练地操纵起各种杠杆,把椅子升高、降低,又放下座位,把靠背设置成各种角度,调节搁脚板。与此同时,克莱克用手抚摸着柔软的绿色鹅绒。

"现在,克莱克,放松一下。我还有几个小时的工作要做呢,有些事情我必须留到最后。"

瑞蒙德走到石板前,克莱克心情郁闷地看着他俯身在一排药瓶上面,点燃坩埚下面的火苗。瑞蒙德把手提灯放在仪器上方的壁柜上,用灯罩遮挡着,像那只大一点的灯一样。克莱克坐在阴影下,低头看着充满暗影的大屋子,对由耀眼的灯光和莫名的黑暗对比产生的效果感到惊奇。

很快他意识到房间里有股奇异的味道,开始只有一点点,随后变得愈加明显强烈,他惊奇地发觉自己竟然没有联想到药房或外科手术室。克莱克在不知不觉中发现,自己正心不在焉地试图努力分析这种感觉,并迷迷糊糊地开始回忆十五年前的一天,他在自己家附近的树林和草地上散步。那是八月初一个烈日炎炎的夏日,热气形成一片薄雾,使可及之内所有东西的轮廓都变得模糊不清。观察温度计的人都说记录不正常,因为那几乎是赤道温度。

奇怪的是,在克莱克的回忆中,19世纪50年代那个奇热的日子现在又出现了。那种阳光无处不在、令人头晕目眩的感觉似乎抹去了实验室内的阴影和灯光。他又一次感到一阵阵热浪迎面扑来,仿佛能看到地皮上升起一片光亮,听到夏日数不清的鸟鸣。

"克莱克,我希望气味没有使你烦恼,它并没有什么害处,也许会让你感到有点瞌睡,仅此而已。"

这些话克莱克听得很清楚,也知道瑞蒙德正在对他说话,可他无论如何没法让自己从昏昏欲睡中清醒过来。他只能想到十五年前那次孤独的散步,那是孩提时代以来最后一次看见熟悉的田野和树林,而现在,这一切就像画一样又不由自主地出现在他眼前。

首先进入鼻腔的是夏日的馨香,夹杂着花朵的芬芳,以及绿林深处、树荫底下,树木在烈日的照耀下散发出的香气,还有肥沃的大地、张开的双臂和微笑的双唇,以压倒一切的气势,尽情地吐露芬芳。幻想使他像很久以前那样,从田野漫步到树林,在闪闪发光的榉树丛中,沿着小路前行。水珠从石灰岩上滴下,听起来就像睡梦中美妙的音乐。思绪开始步入歧途,和其他思想交杂在一起。榉树道变成栎树丛中的小路,四处的葡萄藤从一条树枝攀爬上另一条树枝,伸出摆动的卷须,坠满紫色的葡萄。稀疏的暗绿色野橄榄树叶背衬着栎树的黑色阴影,显得格外醒目。

深陷梦幻中的克莱克清楚地意识到,他父亲家门前的小路通向尚未开垦的荒土。就在他惊叹这一切竟然如此神奇之时,一片寂静突然降临于万物之上,取代了夏日的鸟鸣,树林安静了下来。最终,片刻之间,他跟一样东西面对面站着,不是人,也不是野兽,不是活的,也不是死的,而是所有东西的杂合物,是所有东西的形状组合,但又不属于任何形状。此时此刻,神圣的肉体和灵魂融化了,有个声音似乎在呼唤"让我们死吧",紧接着四周出现了星外夜空般的黑暗,永恒的黑暗。

克莱克猛然惊醒,看见瑞蒙德正将几滴油性液体注入一只绿色药瓶,然后用塞子紧紧塞住。

"你一直在打瞌睡,"瑞蒙德说,"旅途一定让你很疲劳。现在全部准备完毕了,我把玛莉带来,十分钟后就回来。"

克莱克躺在椅子上,心中充满困惑,感觉一个梦接着一个梦地做着。他有点希望看到实验室的墙壁溶化并消失,然后在伦敦醒来,为自己的梦胆战心惊。但这时门开了,瑞蒙德医生回来了,身后跟着一位十七八岁的小姑娘,一身白衣。她十分漂亮,克莱克对医生来信中的描述并不感到惊讶。此时她的脸蛋、脖子和胳膊全都通红,但瑞蒙德似乎毫不动容。

"玛莉,"他说,"时机到了,你能自由选择。你愿意完全相信我吗?"

"是的,亲爱的。"

"你听到了吗,克莱克?你是我的见证人。椅子在这儿,玛莉。相当简单,只要坐在上面,倚在靠背上。你准备好了吗?"

"是的,亲爱的,彻底准备好了。开始前请你亲吻我一下。"

医生弯下腰来,亲了一下她的嘴,十分慈祥。"现在闭上眼睛。"他说。女孩合上眼睑,好像非常疲劳想要睡觉一样。瑞蒙德将绿色药瓶放到她的鼻孔前,她的脸色逐渐变得苍白,比衣服还要白。她软弱无力地挣扎着,然后又变得发自内心似的顺从,她将双臂交叉在胸前,好像小孩做祷告一样。

强烈的灯光照射到她的身上。克莱克看到她的脸上掠过一丝变化,就仿佛夏季天空的云彩飘过太阳时山峦的变化。紧接着,她躺在那里,面色惨白,一动也不动。医生翻起她的一只眼睑,她已完全失去知觉。瑞蒙德使劲按下一根杠杆,椅子立刻沉下去。就像削发仪式那样,克莱克看见医生削下玛莉的一圈头发,又将灯挪近一点。瑞蒙德从一只小箱子里面取出一件闪闪发光的仪器,克莱克吓得转过身去。当他再次转身看时，医生正在包扎已经切开的伤口。

"她五分钟后就会醒来。"瑞蒙德仍然十分冷漠，"没有什么要做的了，我们只能等待。"

五分钟过得很慢，他们可以听到过道里老钟缓慢、沉重的"嘀嗒"声。克莱克感到恶心和虚脱，双膝颤抖，几乎不能站立。

就在注视着女孩的时候，他们突然听到一声长长的叹息，已经消失的颜色又重新回到女孩的脸上，她眼睛猛然睁开，吓得克莱克往后退缩。

女孩的两眼眺望远处，眼中闪耀着可怕的光芒，脸上露出极度惊恐的神色，双手向前平伸出去，仿佛想要抚摸无法看见的东西。

然而顷刻之间，惊恐的神色消去，褪变成令人畏惧的惶恐。她脸上的肌肉不停地抽搐，从头到脚都在颤抖，灵魂似乎在肉体的躯壳内挣扎和震颤。这是一番可怕的情景，克莱克冲上前去，就在此刻，玛莉尖叫一声摔倒在地。

三天后，瑞蒙德将克莱克带到玛莉的床前。她十分清醒地躺在床上，脑袋左右摇摆，痴痴地傻笑着。

"是的，"瑞蒙德医生说道，表情依然异常冷漠，"很遗憾，她现在是个毫无希望的傻瓜，毕竟已见到过潘神大帝，无可挽回了。"

二

克莱克先生是瑞蒙德医生选择目睹潘神大帝这一奇怪实验的绅士，他个性中的谨慎和好奇被恰到好处地融合在一起。头脑清醒时，想起那非同寻常的离奇一幕，他毫不掩饰自己的厌恶情绪。然而，在心灵深处，他对人类天性中一切更加隐秘、更加深奥的因素都有着敏锐的好奇之心。接受瑞蒙德的邀请也是因为好奇心占了上风，尽管他认为瑞蒙德的理论是极度疯狂的胡言乱语，但还是暗暗地对他的实验抱有一定的信任。

克莱克在沉闷的实验室里目击到的恐怖情景，从一定程度上讲，也是有益的，因为他的信念得到了证实。他意识到自己已经卷入一件不完全光彩的事情，因而在以后的许多年里，他坚持平庸，拒绝一切神秘调查。其实，根据某种顺势疗法的原则，他曾经参加过一些著名巫师的降神会，希望这些巫师的拙劣表演会使自己彻底厌恶各种神秘主义，然而这类弥补措施虽极具讽刺性，却并不灵验。克莱克知道自己仍然渴望着那些看不见的东西。随着玛莉因为难言的恐惧而颤抖抽搐的脸庞慢慢从记忆中消失，自己往日的激情和兴奋又逐渐开始作祟。

由于终日沉湎于既严肃又得益的追求之中，克莱克想在晚上放松一下的诱惑力就特别强烈，尤其在冬季，每当炉火将温暖的光芒洒在舒适的单身公寓里，每当享用完丰盛的晚餐后，他总要假装看一会儿晚报，可仅仅是新闻目录就很快使他失去兴趣。

然后克莱克总会满怀热情地朝一只日式写字台瞥上几眼，它与壁炉的距离恰到好处。他会有几分钟的时间犹豫不决，然而欲望总是能胜过一切，克莱克最终拉出椅子，点燃蜡烛，坐到写字台前。桌上的文件夹和抽屉里塞满了大部分有关病理学主题的资料，桌面上摆放着一大堆手写稿，这里是他呕心沥血记录下的自己收集到的精华。

克莱克极度看不起已出版的文学故事，哪怕是最精彩的鬼神故事，只要偶然被印刷出版，就再不能引起他的兴趣。他唯一的快乐就是阅读、编辑和重新整理被自己称作《魔鬼见证回忆录》这一书，并致力于"夜晚似在飞逝、黑夜显然太短"的研究。

那是十二月份一个不祥的夜晚，雾重天黑，霜深阴冷。克莱克匆匆吃完晚饭，在屋里来回走了两三遍，打开写字台，纹丝不动地站了一会儿，然后坐下。他仰靠在椅背上，陷入自己做过的一个梦中，最后取出《魔鬼见证回忆录》那本书，翻到写过的最后一页。有三四页上被密密麻麻地写满了克莱克圆润有力的笔迹，而开头他用稍大一些的字体写道：

"离奇故事"来自我的朋友菲力普斯医生的口述。他向我保证，这里讲的每个字都不打折扣、完全真实，却拒绝告诉我涉及人物的姓名或这些异常事件发生的地点。

克莱克先生开始第十次通读这些叙述，不时地瞥上一眼朋友口述时自己用铅笔做的记录。自夸有一定的文学写作能力是他的幽默之一，他对自己的风格评价很高，在用戏剧性的顺序安排情节这方面他可谓下足了功夫。克莱克阅读的故事如下：

故事所涉及的人物为海伦，如果她仍然活着，现在一定已是二十三岁的大姑娘了；蕾切尔，比海伦小一岁，早已死了；还有特瑞福，十八岁，低能。这些人物在故事发生的时候都是威尔士边境一个村庄里的村民，这个地方在被罗马占领时期有一定的重要性，但现在已破烂不堪，不超过五百号人。村庄离海约六英里远，位于坡地上，四周覆盖着一大片风景如画的森林。

大约十一年前，海伦在机缘巧合下来到这个村庄。人们只知道她是个孤儿，年幼时被一位远亲收养到十二岁。然而，考虑到孩子最好有同龄伙伴一起玩耍，这位亲戚在当地几家报纸上刊登广告，寻求在生活舒适的农户中找一个适合十二岁女孩生活的良好家庭。

村庄里有位富裕农民，R 先生，答复了这条广告。鉴于他的情况令人满意，这位亲戚便将养女送给了 R 先生，并附上一封信，信中约定女孩应有自己的房间，她的监护人在教育问题上不会有任何麻烦。她早已受到充分的教育，了解自己在生活中将占据的位置，能够按照自己的意愿去生活。

R先生按广告要求准时到离他家七英里远的一个小镇车站去接海伦。R先生没说孩子有什么特别之处，只是说海伦闭口不谈以前的生活和她的养父。然而，海伦与村里的本土居民长得不一样，她皮肤苍白，呈净橄榄色，面部特征十分突出，有点异国风情。她很自然地安定下来，进入农家生活，并成为最受孩子们欢迎的人。孩子们有时随她一起在森林中散步，因为这是海伦的乐趣。

R先生声称已习惯她早饭后立刻独自出门，直到黄昏后才回家。可是，一个女孩子一人在外待这么长时间，他还是心里不踏实，R先生便与她的养父取得联系。养父写了一张简短的纸条答复说，海伦必须按其自我选择的方式行事。

冬天，当林中小路不能走时，按照她远亲的指示，她大部分时间会独自一人睡在卧室里。在一次森林远足中，发生了第一件与这个女孩有关的离奇事件。

那是她来到村子大约一年以后的一天，前一年的冬天特别寒冷，雪下得很深，霜冻持续的时间空前长久，来年的夏天格外酷热，令人难忘。在这一年夏季最热的一天，海伦离家去森林长时间散步，像往常一样，她带了一些面包和肉当作午餐。人们惊奇地发现，尽管烈日下的气温像赤道地区一样灼热，女孩依然脱掉帽子，独自走向罗马古道那条穿过树林最高处的绿色道路。

一位名叫约瑟夫的村民正在罗马古道附近的森林里干活,十二点时,他的小儿子特瑞福,给他送来面包和奶酪当午饭。吃完饭,当时约七岁左右的男孩说去树林里采花,他父亲还可以听到男孩发现花时兴奋的叫喊声,便没有任何担忧。

然而,他突然听到恐怖的尖叫声,这种受到巨大惊吓的声音显然来自他儿子所在的方向。他匆忙扔下手中的工具,循声沿着男孩所走的路寻找,发现了儿子特瑞福。

小男孩正头也不回地往前冲,显得惊恐万状。当询问他怎么回事时,特瑞福说摘了一束花以后,觉得有点累,就躺在草地上睡着了。突然他被一阵奇特的噪音吵醒,据说是一种歌声。透过树枝,小男孩看见海伦正在草地上跟一个"赤身裸体的怪人"玩耍,他无法更加全面地描述这个怪人。他只感到万分恐惧,便叫喊着跑向父亲。

约瑟夫朝他儿子指示的方向走过去,发现海伦正安静地坐在林中的空地上。他气愤地指责海伦恐吓自己的儿子,可她完全否认,并对孩子有关"怪人"的说法感到好笑。其实约瑟夫自己都不太相信儿子的诉说,最终他得出结论:小家伙一定是跟平时一样,只是从睡梦中突然惊醒而已。

但特瑞福始终坚持自己的说法,而且显然情绪一直很低落,最后父亲将他带回家,希望他母亲能够安抚他。然而,许多星期以来,孩子的行为变得愈发紧张和古怪，他拒绝独自离开木屋，还不断夜游，惊呼："爸爸！树林中的人来了！爸爸！"这令全家惊恐不定。

随着时间的推移，这种影响似乎已经消失。约三个月以后，特瑞福与父亲到邻里一位先生家去。大人去书房了，留下小孩坐在客厅里。这位先生正与男孩父亲谈话，几分钟后，两人都惊恐地听到一阵刺耳的尖叫和摔倒的声音。他们冲出去一看，发现孩子躺在地上，昏死过去，面孔被吓得变了形。他们随即请来医生，经过一番检查，医生宣布孩子得了一种昏厥症，显然源自突如其来的惊吓。

孩子被抬到一间卧室里，过了一会儿便苏醒过来，却恶化成一种被医生称之为狂暴型的癔病。医生用了强镇静剂，两个小时以后，宣布他可以回家。可是经过客厅时，男孩的恐惧症再次发作，而且更加强烈。父亲察觉到孩子在指向某件东西，同时听到孩子像往常那样叫喊着"树林中的人"，便朝指示的方向望去。约瑟夫看见一只奇形怪状的石制头像，被嵌在一扇门上方的墙壁里。房子主人的雇工为办公室挖掘地基时，发现一只稀奇古怪的头像，显然是罗马时期的，便将头像嵌置在墙壁里。当地最有经验的考古学家宣称，这是农牧与森林之神的头像。菲力普斯医生告诉我，他见过这尊头像，并敢向我保证，他从未目睹过如此凶神恶煞的生动形象。

这第二次惊吓过于严重，男孩特瑞福已无法承受。目前，他成了弱智，没有治好的希望。这件事在当时引起巨大轰动，女孩海伦遭到R先生的仔细盘问，但毫无效果。她坚持否认曾恐吓或以任何方式骚扰过特瑞福。

第二件事发生在大约六年前，这件事更加离奇。

1882年初夏，海伦与邻居一位富农的女儿，蕾切尔，成为特别亲密的朋友。这个女孩比海伦小一岁，很多人都认为她比海伦漂亮。两个女孩每次同时出现时，都呈现出异乎寻常的对比：一个皮肤清亮、呈橄榄色，模样像意大利人；而另一个具有当地村民众所周知的红白肤色。

全村人都知道，R先生为养育海伦花费了很多钱，认为她总有一天会从远亲那里继承一大笔财富。蕾切尔的父母不反对自己女儿与海伦交朋友，甚至鼓励这种亲密交往，尽管如今他们对此深感懊悔，痛苦不堪。

海伦依然保持着对森林的独特喜爱。她们俩经常一大早出去，待在树林里，直到傍晚。有一两次远足后，M太太觉得女儿的行为举止有点古怪。她好像没精打采、神情恍惚，表现得"不像她自己"，但这些古怪行为似乎又太微不足道。

然而，一天晚上，蕾切尔回家以后，母亲听到女孩的房里有一种像是压抑住的哭泣声，于是走进房间查看，发现女儿正躺在床上，衣服被脱去一半,显得悲痛欲绝。她一看见母亲便叫喊道:"啊,妈妈,妈妈,你为什么让我跟海伦一起到森林里去?"M太太听到如此奇怪的问题感到十分惊讶,进而开始询问她。蕾切尔说出了一桩疯狂的故事,她说——

克莱克"啪"地一声合上书,转过椅子朝向炉火。那天晚上他的朋友菲力普斯就坐在那张椅子上跟他讲故事,克莱克也曾感到一阵恐惧,便立刻打断朋友的话。

"我的天哪!"克莱克惊叹道,"想想,想想你所说的话。太难以置信,太异乎寻常。这种事情绝对不可能发生在这个平静的世界上。在这里,男男女女,生生死死;他们挣扎、征服,也可能失败,在遗憾中倒下;他们悲伤,忍受着奇怪的命运,一年又一年。但不是这个,菲力普斯,不是这种事情。一定有某种解释,某种绝非恐怖的方式。天哪,先生,如果这种事情有可能发生的话,那么我们的地球将成为魔窟。"

但是,菲力普斯还是继续把故事讲完,他说:"蕾切尔的逃跑至今还是个谜。她消失在光天化日之下,人们看见她走在草地上,但几分钟后就不见了。"

克莱克一边坐在炉火旁,一边再次努力想象这件事情,可他的大脑再次发颤、畏缩,战胜人类灵肉的事情是如此可怕、难以形容、高深莫测,吓得他魂飞魄散。

就像菲力普斯所描述的那样，在他的前面，一条长长的森林绿道伸向远方，时隐时现；他看见树叶在摇动，草地上的阴影在颤抖，他看见阳光和花儿；远处，在那遥远的地方，两个人影正向他身边移动。一个是蕾切尔，但另一个呢？

克莱克竭力想否认这一切，可是当他写这本书时，他在叙述的最后，写下了这样的题词：

人类是虚假的，是魔鬼的化身。

三

"郝波特！仁慈的上帝！真的是你吗？"

"是的，我就是郝波特。我也觉得我认识你，可是记不起你的名字了。我的记忆力很差。"

"你不记得沃登的维利斯了吗？"

"对了，对了，请原谅，维利斯，我没想到讨饭讨到老朋友的身上了。晚安。"

"我亲爱的老兄，没有必要这样匆忙。我家就在附近，现在先不回去。我们到沙夫茨伯里大街走一会儿，好吗？不过，郝波特，你怎么到了这种地步呢？"

"这故事说起来很长，也很稀奇，维利斯，如果你愿意，我可以讲给你听。"

"那么，好吧。挽着我的胳膊，你看起来很虚弱。"

一对极不相称的人慢慢地走在路伯特大街上。一个衣衫褴褛、邋里邋遢；另一个衣着整洁，显得十分高贵、醒目。

维利斯刚刚享用完丰盛的高档晚餐，还伴有一小瓶别人讨好的仙蒂酒，从饭店里走出来。他在门口耽搁了一会儿，在灯光暗淡的大街上四处张望，寻找伦敦大街上每时每刻都会涌现的神秘事件和人物。

维利斯自夸是伦敦生活中此类不详之谜和冷僻事件的资深探寻人，在无利可图的猎奇中，表现出难得一见的敬业。他就是这样站在路灯柱旁，以毫不掩饰的好奇心打量着过路人，用认真的态度在心中默念这样一句套话："伦敦不仅是一座充满奇遇的城市，还是一座灵魂复活的城市。"

身旁可怜的哀诉和悲惨的求助声打断了维利斯的思索，他有点气愤地环顾四周，突然惊讶地发现，自己夸张的幻想在眼前得到验证。就在自己的身边站着老朋友查尔斯·郝波特，他的面孔因贫穷和耻辱而变形，他身上穿着满是油渍、极不合身的破衣烂衫，几乎衣不蔽体。可他曾与自己同一天登记入学，两人一起接连度过十二个学期，生活里充满欢乐和智慧。

他们之间的友谊因职业和兴趣的差异而渐渐淡化了，维利斯最后一次见到郝波特已是六年前的事了。如今看着眼前这位形容枯槁的人，维利斯满怀悲痛和沮丧，并夹带着某种疑问：是一连串怎样的遭遇将郝波特引向如此可悲的境地？

他俩默默无语地走在大街上，不止一个过路人惊奇地注视着这番反常的情景：一个衣冠楚楚的富人和一个名副其实的乞丐互相挽着胳膊。发现路人奇异的目光后，维利斯就带着他走向索侯的一条僻静街道。

"到底怎么回事，郝波特？我一直认为你会在多塞特郡成功步入贵族生活。是你父亲剥夺了你的继承权吗？肯定不会吧？"

"没有，维利斯。他是在我离开牛津一年后死的，可怜的父亲去世后我变得一贫如洗。对我来说，他是一位优秀的父亲，我十分虔诚地哀悼他的去世。可是你知道年轻人的情况，几个月后，我来到城里，走进社会，得到极好的引见，努力以一种不伤害他人的方式充分享受着自己的生活。当然，我也赌钱，但从来没有下过大赌注，有几回赌马我赢了钱——只有几英镑，却能带给我不少乐趣。可是我的第二个阶段，命运逆转。你应该听说过我的婚姻吧？"

"不，我从来没有听说过。"

"我结婚了，维利斯。我在熟人家里遇见一位姑娘，一位出色、奇美的姑娘。我说不出她的准确年龄，当时大约十九岁。我的朋友在弗洛伦斯认识了她，她说自己是个孤儿，父亲是英国人，母亲是意大利人。

我第一次看见她是在一场晚会上,我正站在门口跟一位朋友说话,在一片叽叽喳喳的谈话声中,听到了一个令我心动的声音。

"她正在唱意大利歌曲。那天晚上,我经人介绍认识了她,三个月后,我便娶了这个叫海伦的姑娘。维利斯,就是这个女人,腐蚀了我的心灵。婚礼那天晚上,在宾馆的卧室里,她坐在床上,我听她用美丽的声音说话,说起哪怕现在我也不敢在漆黑夜晚轻声说出的事情,尽管眼下我正风餐露宿。

"你,维利斯,也许认为自己了解生活,了解每天在伦敦这座可怕的城市里所发生的一切。你也许听说别人谈起过最邪恶的事情,但是我告诉你,你根本不明白我所知道的一切。就是在你最富于幻想和最可怕的睡梦中,也丝毫不能想象出我所听到——而且看到——的事情。是的,是我看到的。我看到了完全不可思议的事情,恐怖至极,连我自己都反问自己,一个人见到这种事情后是否还能活着。一年以后,维利斯,我的身心——整个身心——全都垮掉了。"

"可是你的贫困,郝波特?你在多塞特有地。"

"我将它全卖了。田地和树林,还有那可爱的老房子——我的全部家产。"

"那么钱呢?"

"她从我这里全部拿走了。"

"然后她就离开了你?"

"是的,一天夜里她消失了。我不知道她去了哪里,不过我敢肯定,如果我再看到她就会被她吓死。我故事的其余部分没有什么趣味,悲惨、低贱,如此罢了。我可以告诉你某些事情,那会让你相信我说的话,但你也就不会再拥有幸福的日子了。你就会像我一样度过可怜可悲的余生,沦为一个被魔鬼缠身的人,一个见过鬼的人。"

维利斯将这位不幸的人带回家,给了他一顿饭。郝波特没有吃多少,几乎没有触碰放在面前的酒。他忧心忡忡、默默无语地坐在炉火边。维利斯送他走时给了他一点钱,这似乎使他稍稍松了一口气。

"顺便问一句,郝波特,"他们在门口分别时,维利斯说,"你妻子叫什么名字?我记得你说叫海伦?海伦什么?"

"我遇见她的时候,她的名字叫海伦·伏恩,但是我说不出她的真实姓名。我认为她没有名字,因为只有人才有名字,维利斯。我不能再说下去了,再见。对了,如果你能再帮我的话,我会登门拜访的,晚安。"

这家伙步入茫茫黑夜之中,维利斯回到壁炉前。郝波特身上有种难以名状的东西令他感到震惊,不是他的破衣烂衫,也不是贫穷留在他脸上的斑痕,而是一种说不清楚的恐怖像薄雾缠绕在他身边。

郝波特承认,自己并非无可指责;他也承认,那个女人已使他心力交瘁。维利斯感觉这位曾经的友人，在难以言表的邪恶舞台上扮演了一个跳梁小丑。他的故事无须进一步确认：他自己就是证据。

维利斯开始充满好奇地深思自己所听到的故事，想知道他是否是第一个，或者是最后一个。"不，"他想，"我当然不是最后一个，很可能只是刚刚开始。就像一套中国魔术盒一样，你打开一个后又是一个，在每个盒中都会发现一件更加精致的工艺品。可怜的郝波特很可能只是外面盒子中的一个，更稀奇的东西还在里面。"

维利斯的思绪无法离开郝波特和他的故事，这些故事随着黑夜的消逝，似乎在他心中蔓延得更加疯狂了。壁炉里燃烧的火苗逐渐熄灭，清晨的阵阵寒风悄悄侵进屋来。维利斯站起身，瞥了一眼身后，略带颤抖地上床睡觉去了。

几天之后，维利斯在俱乐部看到了一位熟人，名叫奥斯丁，他以熟知伦敦白天和夜晚的生活而著称。维利斯依然满脑子都是他在索侯的见闻，认为奥斯丁也许能对郝波特的经历做出解释，因此，几句闲扯以后，他突然提出这样的问题：

"你听说过一个名叫郝波特——查尔斯·郝波特的人吗？"

奥斯丁猛地转过身来，以惊奇的目光注视着维利斯。

"查尔斯·郝波特？三年前你不是在城里吗？没有听说过保罗大街事件吗？这件事在当时引起过轩然大波。"奥斯丁不解地问道。

"什么事情？"

"是这样，在保罗大街托特纳姆法院路的一家院子里，发现了一位地位很高的绅士直挺挺地死在那里。如果你彻夜未眠，房间的窗口有灯光，警察准会鸣笛；可是如果你恰好死在别人家的院子里，你反倒会横躺在那里，无人问津。就像许多其他事件一样，这个死人不是被警察发现的，而是一位'流浪者'敲响了警铃。

"我不是说一位普通的乞丐，或是小旅馆的游民，而是一位绅士。这位绅士说他当时正在'回家'，这似乎不是正常的时间和地点，正好在凌晨四五点钟时经过保罗大街。他说，这所房子的外观是他所见过的房子中最令人不舒服的，但尽管如此，在20号门口有样东西引起了他的注意，他低头瞥了一眼，极为惊讶地发现有个人躺在石头地面上，四肢蜷缩在一起，面部朝上。死人的脸看上去特别可怕，这位绅士吓坏了，撒腿就跑，寻找离得最近的警察。

"警察对报警处理得有点轻描淡写，怀疑是常见的酗酒所致。然后，警察来到现场，看了死者的脸以后，立刻改变了论调，让捡到这只'好虫'的早起绅士赶快去请医生。警察又是按铃又是敲门，直到一位睡意未消、邋邋遢遢的女仆下来。警察指着地上躺着的人让女仆识别，女仆大声尖叫起来，这声音足以叫醒整个街面上的人。可是女仆一点也不认识这个人，更从未在家里见过他。

"与此同时,绅士已带着医生回来,进入院子。大门敞开着,四个人步伐笨重地走下台阶。医生没检查一会儿就说这个可怜的家伙已经死去几个小时了。就从这时开始,事情变得有趣起来。死者并未遭到抢劫,一只口袋里的证件证明他是一位出身高门、家产丰厚的人,在社会上很受尊敬,据了解,他也无冤无仇。维利斯,我不说死者的名字,是因为这与故事无关。

"第二个令人好奇之处是,医生们对他的死因无法获得一致意见。他的肩上有些青肿,但肿得很轻,看起来好像是被粗鲁地推出厨房门外,而不是从临街护栏上被扔了出去,甚至被人拖下楼梯。他身上肯定没有任何暴力痕迹,也没有可以解释死因的线索。他们最终验尸时,也没有发现任何中毒的迹象。

"警察当然想了解20号院内所有居住的人,我私下听说,房子的居住人好像是查尔斯·郝波特夫妇。郝波特是个土地拥有者,尽管在大多数人的印象中保罗大街并不是可以找到乡绅的好地方。至于查尔斯·郝波特夫人,似乎没有人知道她是谁,长什么样子。夫妇两人当然都否认了解死者的任何情况,由于缺乏指控他们的证据,所以都被放过了。

"然而,有关他们夫妇的一些稀奇古怪的事情被流传了起来。尽管抬走尸体的时间是早晨五六点钟,却还是聚集了一大群人,几个邻居赶过来看看发生了什么事情。邻居们十分自由地发表了自己的言论，可以看出，20号院在保罗大街上的名声特别不好。侦探努力跟踪所有传闻，想建立某种确实可靠的事实基础，结果却无法抓到丝毫线索。

"人们都摇晃脑袋，皱起眉头，觉得郝波特夫妇相当'古怪'，比如他们'从来不让人看见他们走进家门'，可是又没有确凿的证据。警察心里认定，这个人因某种原因死在屋内，然后从厨房被扔了出来，但是又无法证实这一点。缺少暴力或下毒的任何迹象使警察陷入无助的境地。这成了一桩奇案，是不是？

"然而颇为奇怪的是，我还有件事没告诉你。我碰巧认识一位医生，便请教他案件中那个人的死因。警察勘察后的一天，我遇见医生，便问他。'您不会真的想告诉我，'我说，'您被这案子难倒，实际上并不知道这个人的死因吗？''请原谅，'医生回答道，'我十分清楚他的死因。完全是死于惊吓，纯粹、十足的恐惧。在我整个职业生涯中，我见过大量尸体的脸，但我从未见过如此可怕、变形的面孔。'医生通常是十分冷静的，而此刻他言谈举止中的激烈程度给我留下了深刻印象，然而我无法从医生那里得到更多的东西。我想财政部也没有办法因郝波特夫妇吓人致死一事对他们进行罚款。不管怎样，毫无办法，这桩案子就此被抛在人们的脑后。你碰巧了解郝波特的一些情况吗？"

"嗯，"维利斯回答道，"他是我读大学时的一位老朋友。"

"你没说过吧？你见过他的妻子吗？"

"不，没有见过。我有许多年没有看见郝波特了。"

"真奇怪，不是吗？在大学门口或帕丁顿与一个人分开，好几年杳无音信，然后在这样一个古怪的地方发现他重新露面。可是我真希望我见过郝波特夫人，人们说了她许多异乎寻常的事情。"

"是什么样的事情？"

"嗯，我都不知道该如何告诉你。每个在警厅看见她的人都说郝波特夫人是他们所看到过最漂亮，同时也是最邪恶的女人。我曾经跟一位看见过她的人聊天，当他试图描述这个女人时浑身直抖，可他又说不出这是为什么。郝波特夫人好像是个谜。我想如果那位死者能开口说话，他就会讲出一些异常奇怪的故事。这里又产生了另一种困惑：像死者这样令人尊敬的乡绅，想从20号这种十分古怪的屋子里得到什么呢？这完全是一件十分离奇的案件，不是吗？"

"的确如此，奥斯丁，这是一桩异乎寻常的案件。我向你询问老朋友情况的时候，并没想到竟会听到这样奇怪的故事。好了，我得走了。再见。"

维利斯走了，陷入自己对中国魔术盒的奇想之中。魔术盒的确是工艺精巧。

四

维利斯遇见郝波特的几个月之后，克莱克先生像往常一样，饭后坐在火炉边，决意阻止自己朝办公桌的方向走去。一个多星期以来，怀着洗心革面的希望，他已经成功地远离"回忆录"。尽管做出努力，他还是不能平息自己所写的最后一桩案件在心中激起的惊讶和独特的好奇之心。他把整件案子，更确切地说是概要，讲给一位科学界朋友听，他摇摇头，认为克莱克变得怪兮兮的。就在这天晚上，正当克莱克努力使这件案子合理化时，突然一阵敲门声将他从沉思中唤醒。

"维利斯先生来看你了，先生。"

"哎呀，维利斯，你来看我真是太好了。我有好几个月没看见你了，我想快有一年了吧。进来，进来。你怎么样，维利斯？想得到有关投资的建议吗？"

"不，谢谢，我想有关这方面的事情都很安全。克莱克，实际上我是来请教最近注意到的事情，这真的令人好奇。我跟你讲了以后，你恐怕会觉得这一切太荒唐，我自己有时也这样认为。这就是为什么我决定来请教你的原因，因为我知道你是一个讲求实际的人。"

维利斯先生不知道克莱克在写作《魔鬼见证回忆录》。

"好吧，维利斯，我很乐意尽自己最大的能力给你提些建议。是什么性质的案子？"

"这是一件完全异乎寻常的事。你知道我的习惯：在街上总是睁大眼睛。我一生中碰到过不少怪人，也碰到过一些怪事，但这件事，我认为，倒是怪中之怪。

"大约三个月前，在一个倒霉的寒冬之夜，我从饭店走出来，刚吃了一顿一流的饭菜和一瓶仙蒂好酒，然后在人行道上站了一会儿，想着伦敦街道和沿街的公司是多么神奇啊。这时一个乞丐从我身后过来乞求施舍，打断了我的思绪。我自然而然地回头一看，这个乞丐竟然是我记忆中的一位老朋友，名叫郝波特。我问他怎么会到了如此悲惨的地步，然后我俩在索侯一条又长又黑的大街上来回走了好几趟，我听他讲自己的故事。

"他说他娶了一位漂亮的姑娘，比自己年轻几岁，她使他的身心受到严重伤害。他不愿说出详情，不敢说出日夜缠绕着自己的所见所闻。我看着他的脸，知道他说的都是真话。郝波特身上有种无形的东西令我全身发颤，我不知道是因为什么，但那确实存在。我给了他一些钱，把他送走。我敢向你保证，有他在身边真是令人浑身冰凉，他走以后我才松了一口气。"

"这是不是心理作用，维利斯？我想这位可怜家伙的婚姻太轻率了，讲得坦白一点就是变质了。"

"嗯，你再听听这个。"维利斯把从奥斯丁那里听到的故事告诉了克莱克。

"你瞧,"维利斯做出结论,"无可置疑,这位无名先生,不管他是谁,都死于纯粹的恐怖。万分可怕和恐怖的东西中断了他的生命,死者肯定是在那家院子里看见了某类东西,不知怎么,郝波特夫妇在左邻右舍中口碑极差。我有种好奇心,想亲自去看一看那个地方。那是一条令人忧伤的街道,房屋又很陈旧,显得简陋而沉闷。就我所知,大部分都是租赁房,有的有家具,有的没家具,几乎每扇门上都挂着三个铃铛,底层则到处开着最普通的商店。从各个角度看,那都是一条凄凉的街道。我发现20号正在被出租,就到代理商那里拿到钥匙。我当然假装一点都不知道那里的郝波特夫妇,而是正大光明地问代理商,租客离开这所房子有多久了,是否同时还有其他房客。他奇怪地看了我一会儿,告诉我郝波特夫妇在那件不愉快的事件之后,就立刻搬走了,从那以后房子一直是空置着的。"

维利斯先生停顿了一会儿。

"我一直喜欢查看空房子。无人居住的房间,墙上钉着铁钉,窗槛上堆积着厚厚的灰尘,却有一种难言的迷人之处,但我并不喜欢查看保罗大街20号。我刚把脚伸进过道,就注意到屋里的空气有一种奇怪、沉重的感觉。当然所有的空房子都很闷热,但这里的空气大不一样。我无法向你描述清楚,但那房子确实令人窒息。

"我走进前屋、后屋和楼下的厨房，那里都肮脏不堪、满是灰尘，你可以想象得出。然而这一切之中有一种奇异的东西，我无法向你说清，只知道感觉很奇异。而二楼的一个房间感觉最差，那房间有点大，墙纸以前可能赏心悦目，可当我看见它时，油漆、墙纸以及所有的一切都成了令人沮丧的物件，房间里充满了恐怖的气氛。当我将手放在门上时，感到牙齿嘎嘎直响，进去就觉得要晕倒在地。

"然而，我保持镇定，靠墙站着，真不清楚是房间里的什么使我四肢发抖，心口直跳，好像濒临死亡一样。在一个墙角，有一堆报纸散落在地，我拾起报纸阅读起来。这些都是三四年前的旧报纸，有些被撕了一半，有些被揉成一团，好像是用来打包的。我翻阅了整堆报纸，从中发现了一张奇怪的画，过一会儿拿给你看看。

"当时我知道我不能在屋里继续待下去了，感觉自己就要被压垮了。谢天谢地，我终于来到屋外大自然的空气中了，可走在街上时，人们都盯着我看，有个人说我喝醉了。我跌跌撞撞，从人行道的一边摇晃到另一边。我尽了最大的努力才将钥匙还给代理商，然后回家，在床上躺了一个星期，医生说我是因为神经震扰和筋疲力尽而得了病。

"一天我在看晚报时偶然注意到一段话，题目叫作：'饿死'。在玛利博恩一处典型的租用房里，门被锁了好几天，当人们破门而入时，发现椅子上有个死人。'死者，'文中写道，'叫查尔斯·郝波特，曾是一位富裕的乡绅。他的名字三年前曾家喻户晓，与保罗大街、托特纳姆法院路的神秘死亡案联系在一起，死者是20号房的房客，一位地位很高的绅士被发现死在这所房子里，死因令人生疑。'一个悲惨的结局，不是吗？但是，不管怎样，如果郝波特跟我说的都是真话，那么这个人的一生就是个悲剧，一种比舞台表演更加离奇的悲剧。"

"故事讲完了，是吗？"克莱克略有所思地说。

"是的，故事讲完了。"

"好吧，真的，维利斯，对此我几乎不知道该说什么。无疑，案件中有些情节似乎很离奇，比如，死者是在郝波特家院子里被发现的，医生对死因持有非同寻常的看法。这些事实毕竟可以被坦率地表达出来。至于你查看那所房子时的感觉，我认为都是生动的想象。你一定在半梦半醒之中，苦思冥想你听说的东西。我不知道对于这件事还能再说什么或做什么。你显然认为有一种神秘之感，但是郝波特已经死了。那么你又打算去找谁呢？"

"我打算去找那个女人，他娶的那个女人。她是个谜。"

两人坐在炉火旁，默不做声。克莱克暗暗庆幸自己成功地扮演了平凡世事中辩护人的角色，而维利斯却深深陷入了令人沮丧的胡思乱想之中。

"我想要抽支烟。"维利斯终于说道，他将手伸进口袋去掏烟盒。

"啊!"他边说边站起身来,"我忘了有样东西要给你看。是我在保罗大街那间屋里的一堆旧报纸中发现的一幅奇怪素描画,喏,你看,在这儿。"

维利斯从口袋里掏出一个裹着棕色纸的细细小包,它由一根带子捆牢,打的结有点复杂,克莱克不禁感到好奇。当维利斯费劲地解开带子,打开外层包装时,克莱克坐在椅子上,探身向前看。那里面还包着一层棉纸,维利斯将它剥开,一声不吭地将一小片纸递给克莱克。

至少有五分钟,两人一动不动地坐在那里。屋内死一般寂静,能够听见客厅中高大的老式座钟"滴答滴答"作响。这种缓慢、单调的声音在他们当中一个人的脑海里唤起了一阵遥远的记忆。

克莱克目不转睛地盯着那幅画有女人头像的笔墨素描,那头像画得十分精细,显然出自一位真正的画家之手,从眼神中可以看出这位女人的内心,她双唇分开,带着奇怪的笑容。克莱克一动不动地注视着这张脸,自己的记忆被带入很久以前一个夏日的夜晚。

他再次看到那条长长的可爱山谷,山峦间蜿蜒的河流、草地和麦田,那暗淡的红日和从水中升起的白色冷雾。他听到一个声音,对自己说:"克莱克,玛莉将看到潘神大帝!"

然后,在那间不祥的小屋里,他站在瑞蒙德医生旁边,听着时钟沉重的"滴答"声,等待着、观望着、看着躺在灯光下绿色椅子上的人影。

玛莉站起身来，他注视着她的眼睛，自己的心在身体内变得冰凉。

"这个女人是谁？"克莱克终于问道，声音干燥、沙哑。

"这就是郝波特娶的女人。"

克莱克再次看了一眼那张素描。这终究不是玛莉，但她有玛莉的面孔，但还有其他东西。那位身着白衣的姑娘跟着医生走进实验室时，他在玛莉的面孔上没有看到这样的东西；当她恐怖地惊醒时，他没有看到这样的东西；当她躺在床上咧嘴笑的时候，他也没有看到这样的东西。来自眼角的一瞥，丰满嘴唇上的笑容，整张脸上的表情，无论是什么，都使克莱克从心灵深处感到震颤，不知不觉地想起菲力普斯医生的话："我所看到的最生动的邪恶表现。"他机械地将手中的那张纸翻了过来，回头瞥了一眼。

"仁慈的上帝啊！克莱克，刚才发生什么了？你的脸色就像死尸一样惨白。"

维利斯发疯似的从椅子上站起来，克莱克哼了一声向后一倒，任凭那张画纸从手中落到地上。

"我感觉不太好，维利斯，好像受到了打击。给我倒点酒，谢谢，这样会有帮助。我过几分钟就好了。"

维利斯捡起落在地上的素描头像，像克莱克一样将它翻过来。

"你看到了吗？"维利斯说，"我就是这样认出画像是郝波特的妻子，或者该说是遗孀。你现在感觉怎样？"

"好多了，谢谢，只是一瞬间的虚弱。我觉得我还不太明白你的意思，你刚才说是什么让你认出这张画的？"

"它背后写着'海伦'。我没告诉你赫波特妻子的名字叫海伦吗？对，海伦·伏恩。"

克莱克哼了一声，不可能再有任何怀疑了。

"现在，难道你还不赞同我的话吗？"维利斯说，"在我今晚告诉你的故事里，这个女人扮演的角色十分奇怪。"

"赞同，维利斯，"克莱克嘟哝道，"这个故事的确十分离奇，十分离奇，你必须给我一些时间让我好好考虑一下。我也许能够帮助你，也许不能。你现在一定要走吗？好吧，晚安，维利斯，晚安。一个星期以后再来看我。"

五

五月一个气候宜人的早晨，当维利斯和奥斯丁正在彼卡迪利街上安静地踱步时，维利斯说道："奥斯丁，你知道吗？我相信，你告诉我的有关保罗大街和郝波特夫妇的故事，只是异常事件历史中的一段插曲。还是向你承认吧，我几个月前向你询问有关郝波特的情况时，才刚刚见过他。"

"你见到他了？在哪里？"奥斯丁问道。

"一天晚上，郝波特在街上向我乞讨。他陷入极其可怜的境地，尽管蓬头垢面、破衣烂衫，但我还是认出了他。我让他讲讲他的过去，至少是概况。简而言之，是他的妻子毁了他。"

"用什么方法？"

"他不敢告诉我，只说是她毁了他，连同他的肉体和精神。现在郝波特死了。"

"那么他的妻子怎么样了？"

"啊，这正是我想知道的，我迟早要找到她。我认识一个名叫克莱克的人，一个干瘦的家伙，实际上是个商人，十分精明。你明白我的意思，不是那种仅仅商业意义上的精明，而是一个真正了解人类和生命的人。嗯，我将案子告诉了他，显然给他留下很深的印象。他说这需要时间考虑，并要求我在一个星期之后再去看他。几天后我就收到这封异乎寻常的信。"

奥斯丁接过信封，取出信件，好奇地看了起来。信的内容如下：

亲爱的维利斯，我已经考虑过那天晚上你请教我的事情，下面是我的劝告。将那幅肖像扔进火里，将这个故事从你的记忆中抹去。千万别再去想这件事，维利斯，否则你会懊悔的。可以肯定，你会认为我有一些秘密，从一定意义上讲情况就是这样。然而我只知道一点点，我像一个旅行家，俯首万丈深渊，吓得直往后退。我所知道的东西十分奇怪，也十分恐怖，但在我不知道的地方，还有更可怕的深渊和恐怖之处，比冬夜里围着火炉所讲的任何故事都更加令人难以置信。我已经下定决心不再进行探究，而且任何事情都不会动摇我这个决定。如果你还珍惜幸福，也必须做出同样的决定。务必来看我，但我们将谈论一些比这案子更加令人愉快的话题。

奥斯丁有条不紊地将信折起来，还给维利斯。

"这当然是封非同寻常的信，"奥斯丁说，"他说的肖像是指什么？"

"啊！我忘了告诉你我去过保罗大街，我有一些发现。"

维利斯将去保罗大街的情况如同告诉克莱克一样告诉了他，奥斯丁默默地听着，似乎感到困惑。

"多么奇怪，你竟然会在那间屋子里经历了如此极不愉快的体验！"奥斯丁最终说道，"我认为这不只是一种想象，简单来说，还有一种厌恶感。"

"不，这是客观存在，不是主观想象。我在每次呼吸中都好像嗅到了一些死臭味，它渗透进我身体的每一根神经、骨头和肌肉。我从头到脚都能感到绞痛，眼睛开始变得模糊，就像来到死神之门。"维利斯颤抖着说道。

"是的,是的,当然非常奇怪。你瞧,你的朋友承认有一些十分邪恶的事情与这个女人有关。讲故事的时候,你注意到克莱克有任何特殊的情绪吗?"

"是的,我注意到了。他变得非常虚弱,但他向我保证,他只是遭受到瞬间的打击。"

"你相信他的话吗?"奥斯丁问道。

"我当时相信,可现在不了。克莱克听到我的话后十分冷漠,直到他看到那张肖像。就在这时他才受到我刚才说的那种打击,脸色像死尸般惨白,我敢确定。"维利斯肯定道。

"那么克莱克以前一定与那个女人有过接触,也许只是这个名字,但对那张脸不熟悉。你怎么想?"

"我说不出来。在我看来,是他将手中的肖像翻过来以后,才差一点从椅子上摔下来。你知道,名字是写在背面的。"

"完全正确,但毕竟像这样的案件不可能得出任何定论。我不喜欢情节剧,没有什么比普通的商业魔鬼故事更令我感到平常又冗长乏味的了。的确,维利斯,看起来这一切背后存在着十分奇怪的逻辑。"

两个人不知不觉地从彼卡迪利向北,拐进阿什力大街。这条街很长,而且漆黑一片,昏暗的房子上装点着艳丽的鲜花,挂着华丽的窗帘,门窗上涂刷着悦目的油漆。维利斯往上一瞥,看到其中的一所房子外,天竺葵有红有白，从窗台上垂下来，黄水仙色彩的窗帘悬挂在每扇窗户的后面。

"看上去很赏心悦目，是不是？"维利斯说。

"是的，屋内更是如此。据我所知，它是这个季节中最舒适的房子之一。我自己没有住过，但我遇到过几个住过的人，他们都说异常愉快。"

"这是谁的房子？"维利斯问道。

"波曼特夫人的。"

"她是谁？"

"我也不清楚，只是听说她来自南美洲，但具体的身份几乎没有定论。她是个非常富有的女人，这一点毫无疑问。我听说她有一些美味的红葡萄酒，都是实实在在的好酒，价格一定十分昂贵。这是奥君丁勋爵告诉我的，他上个星期天的晚上就住在那里。奥君丁是个品酒专家，他向我保证从未喝过这样的酒。这位波曼特夫人一定有点古怪，奥君丁问她酒有多少年了，你猜她说什么？'我想，大约有一千年。'奥君丁勋爵以为她在开玩笑，于是大笑起来。波曼特夫人却说她的话是认真的，并提议让他去看看酒坛子。看了之后，他当然再也说不出话来。不过对于一种饮料来说，这似乎也太陈了一些，不是吗？哎呀，我们已经到屋里了。进去吧，不愿意吗？"奥斯丁轻声问道。

"谢谢，我愿意，我已经有一段时间没有来古玩店了。"

这是一间装饰得十分富丽,却又十分古怪的房间,里面的每一个酒坛、书架和桌子,以及每一块地毯、每一个花瓶和装饰品似乎都相互分离,保留各自的独特性。

"最近有什么新东西吗?"维利斯说。

"没有,我认为没有。你以前看过这些奇特的坛坛罐罐,是吗?我想是的。上个星期我没有发现什么新的东西。"

奥斯丁查看屋子里的每一个橱子和架子,寻找新的奇怪之处,眼睛最终落在位于屋子阴暗角落里一只雕刻得精致悦目的古怪柜子上。

"哦,"奥斯丁说,"我忘记了,有样东西要给你看。"他打开柜子,取出一本厚厚的四开画册,放在桌子上,重新点上了雪茄。

"你认识画家亚瑟·梅莱克吗,维利斯?"

"见过,在一个朋友的家里碰到过两三次。他现在怎么样了?已经有一段时间没有听到人们提起他的名字了。"

"他死了。"

"你没有说过!他还相当年轻,不是吗?"维利斯心有疑虑地问道。

"是的,他死的时候只有三十岁。"

"他是怎么死的?"

"我不知道。他是我很亲密的朋友,是一个地地道道的好人。他过去常常来这里聊上几个小时,是我所遇到的最健谈的人之一。十八个月前，他因工作而劳累过度，就在我的建议下开启了漫无目的的短途旅行。我相信纽约是他第一个停靠的港口，可从那以后我再没听到过他的音讯。三个月前，我收到这本书，还有一封私信，一位来自布宜诺斯艾利斯的英国实习医生，声称他在已故的梅莱克先生患病期间一直照顾他。死者曾经表达过一个真诚的愿望：死后将这个封好的包裹送给我。就这些。"奥斯丁说。

"你没有写信了解进一步的详情吗？"

"我一直在考虑要不要这样做。你建议我给医生写信吗？"奥斯丁问道。

"当然。那本书又是怎么回事？"

"我拿到它时是密封好的，我认为那位医生没有看过。"

"这是非常少见的事情吧？梅莱克也许是个收藏家？"

"不，我想不是，他根本不是收藏家。哎，你怎么看这些阿伊努酒坛的？"奥斯丁说。

"它们很特别，我很喜欢。不过，你不打算让我看一下可怜的梅莱克先生的遗物吗？"

"会的，会的，肯定会的。实际情况是，这件事相当奇怪，我还没有给任何人看过。喏，给你。"

维利斯接过书，随意地打开它。

"这么说，这不是一本印刷的书？"

"不是，这是我可怜的朋友梅莱克的一本黑白画集。"

维利斯翻到第一页，是张空白页。第二页上有一段简短的法文题词。第三页则是一张图案，维利斯大吃一惊，抬头看了一眼奥斯丁，而奥斯丁却心不在焉地望着窗外。

维利斯翻过一页又一页，不由自主地沉浸在可怕的沃尔普吉斯邪恶之夜。这种奇形怪状的邪恶图案由死去的画家用刺眼的黑白色彩展示出来。凡斯、塞提尔斯和埃哲菲斯的影子在自己眼前跳动，黑暗的灌木丛，山顶上的舞蹈，在荒芜海岸上、绿色葡萄园内、山崖和沙漠旁边，一幕一幕的景色在眼前飘过：在这个世界面前，人类的灵魂似乎在向后萎缩，瑟瑟发抖。维利斯迅速翻完剩下几页，他已经看够了，可就在快要合上书之前，最后一页上的画引起了他的注意。

"奥斯丁！"

"嗯，怎么了？"

"你知道这是谁吗？"

这是一张女人的脸，被单独画在白页上。

"是谁？不，我当然不知道。"奥斯丁说。

"我知道。"

"是谁？"

"是郝波特夫人。"

"你敢肯定？"

"我完全肯定。可怜的梅莱克先生！他成了这个女人历史中的又一篇章。"

"可是你怎么看那些图案？"奥斯丁问道。

"它们很可怕。重新将书封好，奥斯丁。如果我是你，就会把它烧了。即使将它锁在柜子里，放在身边一定也很恐怖。"

"对，这些画是很怪异，可是我不知道梅莱克和郝波特夫人之间有什么联系，郝波特夫人和这些图案之间又有什么关联？"

"噢，谁能说得出呢？可能事情就此结束了，我们永远不会知道。不过依我自己的观点，这位海伦·伏恩，或者郝波特夫人，只是一个开始。她将重回伦敦，奥斯丁，没错，她还会回来的。到时候我们将听到有关她的更多故事，对于那是否会是令人愉快的消息，我深表怀疑。"维利斯说。

六

奥君丁勋爵深受伦敦社会各界的欢迎。二十岁的他还是个穷人，虽冠有名门之姓，却被迫尽自己最大的努力去谋生。最喜欢投机的放债人也不愿在他身上投放五十英镑，赌他能有机会改变名声获得头衔，改变贫穷获得巨大财富。他的父亲小有成就，能维持家庭成员的生计。可是他的儿子，即使已成为牧师，也达不到这一步，同时他也自感没有资历得到教会的资产。

于是，他除了学士的长袍和与生俱来的智慧，已经没有任何更好的保护伞来面对世界。他想方设法利用这样的武器同命运进行十分顽强的抗争。二十五岁时，查尔斯·欧伯荣依然是一个与人间世界进行战斗的勇士，家庭七口人中，只剩下三口，而这三条"好命"还是没能抵抗得住祖鲁人的长矛和猩红热的考验。

就这样，一天早晨，欧伯荣醒来时，竟然发现自己成了现在的奥君丁勋爵，一位年方三十、历经生活的重重磨难、终于征服一切困难的胜利者，这种情形令他本人也感到颇为可笑。他做出决定：富裕应该像贫穷一样令自己愉快。稍加考虑之后，奥君丁得出结论：吃饭，应该被视为精美的艺术，是最有乐趣的追求，应向穷困潦倒的大众敞开。

于是他的晚餐名扬伦敦，受邀去他家餐桌上就餐成为人们贪婪的向往。十年的勋爵生活和施舍晚餐依然没有令奥君丁感到腻味，而是坚持享受生活、施舍大众。人们普遍认为他的慷慨义举是给别人带来快乐的源泉，因此他的猝然离世引起轩然大波。

即使报纸被放在大众眼前，"贵族神秘之死"的叫喊声如丧钟般从街道上传来，人们还是不能相信这个事实。然而报纸上确实写着这样一段简短的话:"今天早晨,他的男仆发现奥君丁勋爵死于悲痛之中。据称,尽管无法确定死者的动机,但勋爵无疑属于自杀身亡。死者是社会上家喻户晓的贵族,以他和蔼的举止和慷慨的好客行为而深受人们的喜爱。他的继承人是……"

详情逐渐被披露出来,案子却仍然是个谜。死者的男仆作为主要目击者必须接受调查,他说奥君丁勋爵死前的那天晚上,同一位地位很高的夫人一起吃饭,她的姓名在报纸的报道中被隐去。

大约晚上十一点,奥君丁勋爵回到家里。他通知仆人,第二天凌晨以前不要过来服务。过了一会儿,男仆碰巧经过客厅,有点惊奇地看见主人安静地站在前门外。他脱掉了晚礼服,穿着诺福克上衣和灯笼裤,戴着棕色的低檐帽子。男仆认为奥君丁勋爵没有看见他。尽管主人很少熬夜,但男仆对这一偶然情况并没有多加考虑,直到第二天早晨,男仆一如既往地在八点三刻去敲主人卧室的门,没有人回应,敲了两三次以后,他走进房里,看见奥君丁勋爵的身体与床柱成一角度,向前倾倒。他发现主人将一条带子牢牢地系在一根短床柱上,打了个活结后,套在了自己的脖子上。

这位不幸的人一定是决绝地向前倒下,被慢慢勒死的,他的身上穿着男仆看见他走出前门时穿的便装。请来的医生宣告他已经死亡四个多小时。所有的报纸、信件等都摆放有序,没有丝毫迹象直接或间接表明任何大小丑闻存在的可能性。证据到此为止，再无法得到更新的发现。

有几个人出席了当天奥君丁勋爵施舍的晚宴，在他们看来，他的性情与以往一样和蔼可亲。的确，男仆说，他认为主人回家时是显得有点激动，但他的行为举止变化很小。没有希望找到任何线索，因此大家普遍认为，奥君丁勋爵是突然受到急性自杀狂躁症的袭击。

除此以外，三个星期之内，伦敦城又有三位先生，一位是贵族，另外两位地位很高、收入丰厚，也用几乎一模一样地方式痛苦地自尽了。

一天早晨，斯万莱勋爵在梳妆间被发现吊死在一根固定在墙上的木桩上；科林斯图尔特和郝里斯两位先生选择了与奥君丁勋爵同样的死法。

每一桩案子都没有找到任何合理的解释，只有几个孤零零的事实：晚上还是个大活人，早晨就成了一具脸部变形发黑的死尸。警方不得不承认，他们没有能力抓到凶手或解释残忍凶杀案的动机。这些承受痛苦折磨而悲惨死去的人，每一个都非常富有、前程无量，他们显然都很热爱这个世界，因此就是最敏锐的探究也无法刺探出每个案件背后所暗藏的玄机。

伦敦的上空充满着恐惧，人心惶惶，人们碰见时都面面相觑，不知道对方是否将成为下一场无名惨案的牺牲品。新闻记者们徒劳地为自己的剪贴簿搜寻材料，以便编写缅怀的文章。在众多房屋里，人们翻开晨报时都带着惶恐的感觉，没人知道下一次打击会在何时何地突然降临。

最后一个恐怖事件发生不久以后，奥斯丁来看望维利斯先生。他非常想知道，维利斯是否已经成功通过克莱克或其他途径，发现郝波特夫人的最新踪迹。他一坐下来就很快提出了这个问题。

"没有，"维利斯说道，"我给克莱克去过信，但他始终十分冷漠。我试过其他渠道，但也没有任何结果。我无法了解海伦·伏恩离开保罗大街以后的情况，但我想她一定已经出了国。不过说实话，奥斯丁，最近几个星期，我对这件事情没有花费太多的注意力。我十分熟悉可怜的郝波特，他的可怕死亡对我来说是巨大的震撼，非常巨大的震撼。"

"我完全能够相信，"奥斯丁心情沉重地回答道，"你知道奥君丁是我的朋友。如果我没有记错的话，那天你来我家的时候，我们还谈到了他。"

"是的，与阿什力大街的那所房子，就是波曼特夫人的房子有关。你说到奥君丁在那里施舍晚餐的事情。"

"十分正确。当然你知道，奥君丁前一天——他死的前一天晚上就是在那里吃的饭。"奥斯丁说。

"不，我没有听说。"

"噢，对了。名字没有出现在报纸上是为了给波曼特夫人留点面子，奥君丁是她最喜欢的人。听说出事以后，有一段时间内她的精神状态很差。"

维利斯脸上流露出好奇的神色，犹豫是否该说话。奥斯丁再次开口。

"我从来没有那么恐惧过，直到看到奥君丁的死亡报道时，当时我不理解，现在还不明白。我非常了解奥君丁，他的死亡完全出乎我的意料，是什么原因导致他能够残忍地决定用这种可怕的方式死去。你知道在伦敦人们是如何互相唠叨别人的品性的，可以肯定，在这样的案子中，任何被掩盖的丑闻或被埋藏的隐私都会被暴露在光天化日之下，但这类报道至今还没有出现过。至于狂躁症的理论，对于验尸陪审团来说，当然是十分有利的，但每一个人都知道这完全是在胡说八道，自杀狂躁症又不是天花。"

奥斯丁陷入忧郁、沉默之中。维利斯也一声不吭地坐在那里，望着他的朋友。维利斯的脸上流露出犹豫不决的神色，似乎在权衡自己的思想，考虑是否要继续保持沉默。奥斯丁试图将这些惨案看得像代达罗斯迷宫一样错综复杂，没有指望破解，只能极力摆脱对惨案的记忆。他开始以一种漠不关心的语调，谈论这段时间内更加令人愉快的事情和冒险。

"我们谈论的这位波曼特夫人，"奥斯丁说，"十分成功，她几乎使整个伦敦为之神魂颠倒。那天晚上我在弗莱姆家遇见她,她真是一个了不起的女人。"

"你遇见过波曼特夫人?"维利斯惊讶地问道。

"是的,她周围有好多献殷勤的人。我想,她可以称得上十分漂亮,但脸上有种东西我不喜欢。容貌堪称精美,表情却十分奇怪。我自始至终都在看她,之后回家产生了一种奇怪的感觉:不知怎么,这副表情有点似曾相识。"

"你一定在海德公园的骑马道上见过她。"维利斯说。

"不,我敢保证以前从来没有见过这个女人,也从来没有见到任何一个跟她长得很像的人,正是这一点使我困惑。我的感觉是一种遥远时候的依稀记忆,模糊但持久。唯一类似的感受,就是有时一个人做梦看到的场景:梦幻中的城市、神奇的大地和幽灵似的人物,好像一切景物都是既熟悉又常见。"

维利斯点点头,毫无目的地瞥了一眼屋子四周,可能在寻找转移话题的东西。他的眼光落在一只旧式柜子上,那个摆放着画家梅莱克奇怪遗物的柜子。

"你给医生写信说过可怜的梅莱克吗?"维利斯问道。

"是的,我写信问过他的病情和死因的详细情况,也并不指望再过三个星期或一个月可以得到回答。我想还是询问梅莱克是否认识一位名叫郝波特的英国女人，如果认识，医生是否能够告诉我关于她的一些情况。很可能梅莱克在纽约、墨西哥或旧金山，我一点也不知道他旅行的范围和方向。"

"对了，这个女人很可能不止有一个名字。"

"完全正确。我真希望你能把那张肖像画借给我，我可以封在信里寄给马修医生。"奥斯丁说。

"你当然可以这样做，我们现在就送去。哈克！外面的孩子在叫什么呢？"

两个人正在谈话时，混杂的叫喊声逐渐变大。噪音来自东面，似洪流越来越近，涌向平日里宁静的大街。每个窗口都露出一张面孔，有好奇，有激动。叫喊声、说话声回荡在维利斯居住的寂静大街上，变得更加清晰起来。

就在维利斯说话的时候，从人行道上传来回答："西区恐怖案，又一起骇人听闻的自杀事件！"

奥斯丁冲下楼梯，买了一张报纸，将一段话念给维利斯听。与此同时，街头的喧嚣声此起彼伏，空气中似乎充满了噪声和惶恐。

"又一位先生沦为上个月横行西区的恐怖自杀流行病的牺牲品。经过长时间的调查，发现弗莱姆的斯托克家族和德国王室波默罗伊的后代，希尼·克莱尚先生，于今天凌晨一点钟，吊死在自家花园的树枝上。

这位已故的先生昨天晚上还在卡尔顿俱乐部吃饭，其身体状况和精神面貌与往常一样。他大约在十点钟离开俱乐部，此后不久有人还看见他漫步在圣詹姆斯大街上。在这以后，他的行动便无法跟踪了。尸体一经发现，就立刻请来了医生援助，但显然他的生命早已停止。据了解，克莱尚先生没有任何烦恼和焦虑。人们将记住这种痛苦的自杀行为，它是上个月此类事件中的第五起。伦敦警察厅的权威人士也无法对这些恐怖事件做出解释。"

奥斯丁放下报纸，被惊得说不出话来。

"我明天就离开伦敦，"他说，"这是一个充满恶魔的城市。多么可怕啊，维利斯！"

维利斯先生静静地坐在窗口，眺望窗外的大街。他认真地听完报纸上的报道，脸上不再有犹豫不决的神情。

"等一等，奥斯丁，"他回答道，"我还是要提一下昨天晚上发生的一桩小事。报上说十点刚过，有人最后一次看见克莱尚活生生地走在圣詹姆斯大街上吧？"

"是的，我记得是这样。我再看看，是的，你说得很对。"

"的确如此。不过，不管怎样，我能够反驳这种说法。在那以后仍然有人看见过克莱尚，而且是在更晚的时候。"维利斯说。

"你怎么知道？"

"因为大约在今天凌晨两点钟,我碰巧看见了克莱尚。"

"你看见了克莱尚?你,维利斯?"

"是的,我十分清楚地看见了他。真的,我们俩只相距几步远。"

"你到底在哪里看见他的?"

"离这儿不远,我在阿什力大街看见他的,他刚准备离开一个人家。"

"你有注意到是哪一家吗?"

"注意到了,是波曼特夫人家。"

"维利斯!想一想你在说什么,一定是搞错了。凌晨两点钟克莱尚怎么可能在波曼特夫人家呢?你肯定是在做梦,维利斯。你总是富于幻想。"

"不,我十分清醒。即使像你说的我是在做梦,我所看到的东西也会有效地将我唤醒。"

"你看见的东西?你看见了什么?克莱尚身上有什么奇怪的地方吗?可我无法相信,这不可能。"奥斯丁十分确定地说。

"好吧,如果你不介意,我就告诉你我看见了什么,或者我把看见的东西描述一下,你可以亲自做出判断。"

"很好,维利斯。"

街头的噪音和喧闹消失了,但是叫喊声仍然不时地从远处传来,沉闷、令人窒息的沉静似乎就像地震或风暴过后的宁静。维利斯从窗口转过身来，开始说话。

"昨天晚上我先是在靠近瑞根特公园的一所房子里，后来步行回家，没有乘马车。昨天晚上天气十分清爽宜人，几分钟后我就在街上走倦了。奥斯丁，在伦敦，夜里一人独行是件奇怪的事情。一盏盏路灯向远方伸展，周围的一切如同死一般寂静，也许只有马车飞驰才会发出'得得'的响声，马蹄踏在石头路面上溅出阵阵火花。

"我大步流星地向前走着，因为我一直有点讨厌在夜里外出。当钟敲两声的时候，我拐进阿什力大街，你知道，这正好顺路。这条街比以往更加寂静，路灯更少，总之，看起来像冬季的森林一样黑暗和阴郁。我已经走了大约半条街，这时突然传来很轻的关门声。我很自然地抬头看了一眼，是谁像我一样这么晚还在外面。正好，靠近那所传出关门声的房子有一盏路灯，我看见一个男人站在台阶上，他刚关上门，面孔正好朝着我，所以我直接认出了那是克莱尚。我认识他，却从来没有跟他说过话，我经常看见他，所以我敢肯定我没有认错。我凝视着他的面孔，然后——我必须得承认这个事实——拔腿就跑，一直跑到家门里面为止。"

"为什么？"

"为什么？因为这个人的脸使我全身冰凉，我想不到从人的眼睛里会露出这种魔鬼般的复杂情感。看见他的时候，我几乎昏了过去。我知道看到的是一对死人的眼睛,奥斯丁,克莱尚虽然还保留着人的躯壳,眼神里面却尽是阴魂。强烈的欲望、满腔的怒火、丧失希望后的无所畏惧。尽管他的嘴唇紧闭,却好像在大声疾呼,喊声划破长夜。他看不见我们俩可以看见的东西,可他所看到的东西,我希望我们俩千万不要看到。我不知道他是什么时候死的,我想一个小时,或者两个小时以后,但是当我经过阿什力大街,听到关门声时,那人已不再属于这个世界了,因为我看到的是一张魔鬼的脸。"

维利斯停止说话,屋内一片静默。光线开始暗下来,一个小时前的一切喧闹已经平息。故事结束时,奥斯丁低下头,双手捂住眼睛。

"这会意味着什么呢?"他终于说道。

"谁知道,奥斯丁,谁知道呢?这是一场黑色交易,但我想我们最好还是保守秘密,至少目前看来得如此。我倒是想看看,难道我真的不能通过私人渠道了解到那所房子的情况?如果我做到了,我会让你知道一切的。"

七

三个星期以后,奥斯丁收到一张维利斯写来的纸条,要求他当天下午或第二天下午去他家。奥斯丁当天下午到他家时,发现维利斯像往常一样坐在窗口,面对道路上死气沉沉的交通陷入深思。他的身边有一张竹桌子，上面有一样神奇的东西，面上饰有古怪的镀金图案。桌上有一小堆报纸，像克莱克办公室内的东西一样被摆放整齐，并贴有标签。

"好了，维利斯，在过去的三个星期中你有什么发现吗？"奥斯丁心急地问。

"我想有的，我搞到了一两本非常奇怪的备忘录。"

"这些资料都跟波曼特夫人有关吗？那天晚上站在阿什力大街那所房子门前台阶上的人真的是克莱尚吗？"

"至于这件事，我始终确信，但查问结果与克莱尚没有任何特别的关系。然而我的调查却发现了一桩奇怪的事情，我了解到波曼特夫人是谁了！"

"她是谁？你什么意思？"奥斯丁问道。

"我的意思是，你和我都十分了解她的另一个名字。"

"是什么名字？"

"郝波特。"

"郝波特！"奥斯丁重复了这个名字，被惊得瞠目结舌。

"是的，保罗大街的郝波特夫人，以及以前故事中的海伦·伏恩。你回家后看一看梅莱克恐怖画册中的那张面孔，你就会知道。"

"你有证据？"

"是的,最有力的证据。我见过波曼特夫人,或者我们说的郝波特夫人。"

"你在哪里见过她?"奥斯丁追问。

"你不能指望在彼卡迪利街或者阿什力街看见这位夫人,事实上,我见到波曼特夫人走进索侯一条最肮脏、最破烂的大街上的一所房子。"

"这一切似乎很奇妙,我可以相信。但你必须记住,维利斯,我见过这个女人,她在伦敦社会的平凡场合,与平常百姓在普通的客厅喝着咖啡,有说有笑。可你知道你现在正在说什么吗?"

"我知道,我还没有受到猜测和幻想的误导。我没想到,原先是想在茫茫的伦敦生活中寻找波曼特夫人,却意外发现了海伦·伏恩,可事情就是这样。"

"你一定是去了奇怪的地方,维利斯。"

"是的,我是去了非常奇怪的地方。你知道,我去了阿什力大街,要求波曼特夫人给我简短介绍一下她以前的经历,结果是毫无用处,一无所获。我必须假设,如果她的履历不是很清楚,那么就可以肯定,她一定曾经生活在没有如今这样讲究的生活圈子当中。

"如果你在溪流中看见泥沙,你就可以肯定这里曾经是河底。我总是喜欢潜入奇怪的境地,去寻找乐趣。我沉到底层,发现自己对那个地方及其居民十分熟悉。我的朋友们从未听说过波曼特这个名字。由于我从来没有见过这位夫人，所以无法向朋友描绘她的模样，就只好用间接的方法探询。我也经常为他们出些力，所以他们在向我提供情报时，没有任何为难之处，他们也都明白我与伦敦警察厅没有任何直接或间接的联系。但是，我必须多方探询之后才能得到想要的东西。

"我出于对无用信息的本能喜欢，听人家讲了许多事情，因此了解到了一个十分离奇的故事。大约五六年前，一位名叫瑞蒙德的女人突然出现在刚才我所说的左邻右舍之中，人们描述她当时相当年轻，非常漂亮，可能不超过十七八岁，好像来自农村。如果我说她来到这个特别的地方，与这些人联系在一起，就算是找到了合适的位置，那就错了，从听到的有关她的事情中分析，伦敦最差的窝对她来说都太优越了。当然，告诉我情况的人，不是了不起的清教徒，当他告诉我由这个女人引发的难言丑闻时，他浑身直发抖，显得十分恐惧。

"在那里住了一年多后，她消失了，就像来的时候一样突然，人们没有发现她的任何踪迹，直到大约保罗大街事件发生的时候。刚开始，她偶尔故地重游，后来便增加了次数，最后干脆像以前一样住到索侯，待了六个或八个月。如果你要了解详情，可以看一下梅莱克的遗物，那些图案不是画家梅莱克先生凭空想象的。她又一次消失了，当地的人们直到几个月前才又重新看见她。告诉我的人说这个女人在他所指的房子里租了几个房间，习惯于一个星期到这些房间来一次，总是在上午十点。

"在向导的陪同下,我期待着,努力提高警惕。十点差一刻时,这位夫人准时来了。我和我的朋友站在偏离路边的一条拱道下面,但她还是看见了我们,瞥了我一眼,使我永生难忘,这一眼对我来说就够了。我知道瑞蒙德小姐就是郝波特夫人。至于波曼特夫人,她已不在我的考虑之中。我注视着她走进屋内,直到四点钟走出来,于是我跟着她。跟踪的时间很长,我离她又很远,因此我必须十分小心地隐蔽自己,但又要确保能看得见她。她将我带到海滨,然后到威斯敏斯特,接着沿圣詹姆斯大街来到彼卡迪利。我看见她拐进阿什力大街时感到有点奇怪。我脑中出现了郝波特夫人就是波曼特夫人的想法,但这似乎不太可能是真的。

"我等在墙角,眼睛一直盯着她,特别留意了一下她停步的门前,就是那所挂着华丽窗帘的房子,长满鲜花的人家。克莱尚在自家花园吊死的那天晚上就是从这所房子里走出来的。我正想带着我的发现走开时,忽然看见一辆空马车驶来,在门前停下。我肯定,郝波特夫人打算驾车出去,我想对了。就在这时,我碰巧见到一位熟人,我们站在离马车不远处闲谈,背对着马车。十分钟后,我的朋友脱下帽子,我回头一瞥,看清了我跟踪一天的夫人。'她是谁?'我问,我朋友的回答是'波曼特夫人,住在阿什力大街'。这样一来,当然就无可置疑了。我不知道她是否看见了我,但我认为没有。我立刻回家,考虑之后,认为我了解到了一件非常有用的事情,可以去见克莱克了。"

"为什么要见克莱克?"

"因为我相信克莱克掌握有关这个女人的一些事实,对此我却一无所知。"

"好吧,然后怎么样了呢?"

维利斯先生靠回椅背,略有所思地看了一会儿奥斯丁,然后回答道:"我的想法是,我和克莱克应该去拜访波曼特夫人。"

"你绝对不会走进这样的房子吧?不,不,维利斯,你不能这样做。再说,想一想,会有什么样的后果……"奥斯丁急切地说。

"我马上会告诉你的,但是我要说的情况还没有完,它结束的方式非同寻常。

"看看这一小摞字迹工整的手稿,还标有页码,你瞧。我沉醉在这篇文风儒雅、卖弄言辞的官样文章之中,几乎有一种法律文书的味道,不是吗?浏览一遍吧,奥斯丁。文章叙述了波曼特夫人为她邀请的贵客准备的娱乐活动。写文章的人死里逃生了,但我认为他不会活许多年。医生告诉作者,他的神经已经受到某种严重惊吓。"

奥斯丁接过手稿,但根本没有细看。随意打开写着工整文字的手稿,他的眼睛注意到了一个词以及跟在后面的词组,这使他心里一阵惶恐,嘴唇煞白，冷汗像水一样从鬓角直往下流，他赶紧扔下了手中的书稿。

"拿走，维利斯，千万别再说这件事。你是石头做的吗，伙计？天哪，死亡本身已经很可怕、很恐怖，想想一个人站在凌晨寒气袭人的空气中，在黑色的平台上，绳索缠身，耳边响着钟声，等待着门闩发出'嘎嘎'的刺耳响声，可那一切都根本不能与此相比。我不要看，否则就再也睡不着觉了。"

"很好，我可以想象到你看见了什么。是的，那太恐怖了，但毕竟，这只是一个古老神话的重演，在今天昏暗的伦敦大街上，而不是在葡萄园和橄榄园里。我们都知道，那些偶然遇见潘神大帝的人，那些聪明地认识到所有符号都并非毫无意义的人，将会遇到什么情况。这的确是一种微妙的符号，很久以前，人们将万事万物之中最令人敬畏、最神秘的力量掩藏在这些微妙符号的背后。在潘神大帝的面前，人类的灵魂必定畏缩、死亡、变黑，就像自己的身体在电流下变黑一样。这种力量说不清、道不明，无法想象，除非披上面纱、带上符号。这个符号对我们大多数人来说似乎是一种离奇、富有诗意的想象，甚至对一些人来说是愚蠢的故事。然而无论如何，你和我已经了解了一点这种恐怖，它也许就隐藏在生活的秘密深处，披着人皮出现，其实无形而又借助人形。噢，奥斯丁，怎么会这样？阳光在这种东西面前怎么不转变成黑暗，坚硬的土地怎么不在如此重压下熔化和沸腾？"

维利斯在屋子里来回踱步，额头上沁出汗珠。奥斯丁默不做声地坐着，但维利斯看见他在胸前画着十字。

"我再说一遍，维利斯，你肯定不会再走进那样的屋子里吧？否则，你不会活着出来的。"

"是的，奥斯丁，我要活着出来——我，还有克莱克和我一起。"

"你什么意思？你不能，你不会有胆量……"

"等一等。今天早晨的空气十分清新宜人，微风阵阵，甚至吹进了这条沉闷的街道。我觉得我应该去散散步，彼卡迪利在我眼前延伸出一幅清晰、明亮的远景，太阳照在道路的马车上，照在街头公园里被微风拂动的树叶上。这是一个快乐的早晨，男男女女仰望天空，带着笑容投入自己的工作和娱乐之中。风儿愉快地吹拂着，吹着草地和充满香气的荆豆。

"可是我不知怎么走出了这片热闹和欢乐，不知不觉地在一条宁静、沉闷的街道上散步。这里似乎没有阳光，没有空气，只有为数不多的行人游游荡荡、踌躇不定地逗留在角落里和拱道上。我向前走着，几乎不知道要往哪里去、要干什么，但我能感到身不由己，就好像有时一个人为了探明究竟，模模糊糊地想着要达到某个未知目标。就这样，我稳稳当当地走在大街上，注意到牛奶店里熙熙攘攘的顾客，困惑不解地看着那些杂乱的送币机、黑色烟叶、糖果、报纸，耳旁传来滑稽的歌曲，它们相互堆挤在售货窗口前的狭小范围内。

"一阵颤抖突然传遍全身，身体第一次告诉我：我发现了想要寻找的东西。我将目光从人行道上收回，停在一家肮脏的商店面前。大门上方的店名已经褪色，两百年前的红砖已脏成黑色，窗户上积满了无数个春夏秋冬的灰尘。我看见了想要的东西，我需要五分钟才能重新平静下来，可以走进商店，用冷静的语气、平静的脸色提出想要的东西。我想，这个时候我的问话中一定还带着颤抖，因为那位从后厅走出来、慢慢在货物中摸索的老人一边解开包裹，一边奇怪地打量着我。

"我付给了他提出的价格，斜靠在柜台上，带着一种奇怪的不情愿，拿起包裹走了出去。我询问他经营情况，得知生意不好，利润下降，这令人伤心。不过这条街已不是四十年前交通分流前的样子了，'就在我父亲去世之前。'老人说。我最终离开了，急匆匆地向前走去。这的确是个死气沉沉的街道，我很高兴又重新回到喧闹和嘈杂之中。你想看看我买的东西吗？"

奥斯丁一句话也没说，只是稍稍点了点头。他看上去仍然面色苍白、忧心忡忡。维利斯拉开竹桌子的抽屉，给奥斯丁出示了一长卷绳索，又硬又新，一头是一个活结。

"这是一种优质麻绳，"维利斯说，"那个人告诉我，就像过去常卖的那种，从头到尾没有一点黄麻。"

奥斯丁嘴巴发硬,眼睛瞪着维利斯,脸色变得更加苍白。

"你不会这样做的,"他终于低声说道,"你不会让鲜血沾满你的双手。我的上帝!"他突然大声惊叫道,"维利斯,你不可能是这个意思,你会让自己成为凶手吗?"

"不。我将提供一个选择机会,让海伦·伏恩独自与这根绳索在锁住的房间里待上十五分钟。如果我们进去时她还没有了结,就打电话给最近的警察。就这样。"

"现在我必须走了。我不能再待在这里了,我已经无法忍受这一切。晚安。"

"晚安,奥斯丁。"

门被关上了,可是一会儿又开了。奥斯丁脸色苍白,像魔鬼一样地站在门口。

"差点忘了,"他说,"我也有件事要告诉你。我收到一封信,来自布宜诺斯艾利斯的哈丁医生,说梅莱克死前是他照顾了他三个星期。"

"正值身强力壮的时候,是什么夺走了他的生命呢?不是高烧吧?"维利斯问道。

"不,不是高烧。按照医生的话,梅莱克先生死于整个机体的彻底衰竭,很可能是某种严重惊吓所致。但是医生在信中说,病人什么也不愿意讲,因而对疾病的治疗极为不利。"

"还有什么事情吗?"

"哈丁医生在信的末尾写道:'我想这是我能提供的有关你朋友的一切情况。他在布宜诺斯艾利斯没待多久,几乎不认识任何人,只有一个人除外,那人名声不是很好,而且自他死后就离开了——名叫伏恩夫人。"

八

1892 年初,彼卡迪利阿什力大街的著名医生、罗伯特·麦西森博士,突然死于中风。在他的书信文件中发现一张手稿,上面用铅笔写满笔记。这些笔记是用拉丁文写的,非常简略,显然写得很匆忙。"纪念"是唯一被好不容易辨认出的内容,有些字迹已经枉费了当时所请专家的全部心血。日期"1888 年 6 月 25 日"写在"纪念"的右下角。以下是麦西森医生手稿的译文:

> 如果这些简短笔记能够出版,科学是否会从中获益,我不知道,但也心存怀疑。当然我绝对不会负责出版或公布在此所写内容中的一个字,不仅因为我对在场的那两个人做了许诺,而且因为细节太邪恶。经过反复思考,权衡利弊之后,我很可能在某一天销毁这篇文章,或至少盖章后托付给我的朋友 D,我相信他的判断能力,只要他认为合适,那么被使

用或是被烧毁都可以。

只要是在合适的时候，我都已尽了自己所能想到的一切努力，以确保自己没有被痛苦的妄想折磨。首先是大吃一惊，大脑几乎停止活动，但我敢肯定一分钟后自己的脉搏平稳了下来，进入正常状态，处于真实的理智之中。于是我目光平静地注视着眼前的事情。

尽管心中涌起一阵惶恐和恶心，腐臭的味道令人窒息，但我自始自终保持坚强。也许是特权，也许是诅咒，我不敢说究竟是哪一种，我看见床上有个东西，躺在那里，像墨水一样漆黑，在我眼前变形。皮、肉、肌肉、骨头，以及我认为像金刚石一样永恒不变的人体坚固结构，开始融化和解体。

我当然知道肢体通过外部作用可以分割成几个部分，但我拒绝相信眼前所见。因为在这里有一种内部力量，导致人体分解和改变，对此我却一无所知。

在这里，人类诞生所经过的一切过程及其细节全在我的眼前反复呈现。我看见其外形从男性到女性摇摆不定，自我分解，又重新组合。然后见到人体退化成进化前的野兽，从高峰落到低谷，甚至跌入一切生物的深渊。尽管外形有所变化，但产生生物体的生命元素却始终存在。

室内的光线开始变黑，但不是夜晚那种只能模模糊糊看见物体的黑，而是能够毫不费力地看清楚一切，但是光却不存在。物体被赤裸裸地展示在你面前，没有任何媒介，这种方式就好像室内有棱镜，却没有看见镜子里有色彩。

我全神贯注，最终只看到一种像肉冻一样的物质。梯子重新上升……（这里的字迹难以辨认）……瞬间我看见一个模模糊糊的轮廓站在我面前，我不愿再进一步描绘。但这种形状的符号可以在古代雕刻以及熔岩下幸存的油画中看见，极其丑陋，异常恶心，几乎不能称之为一种形状，总之恐怖难言……非人也非兽，已变成人形，又最终死亡。

我目睹了这一切，带着内心极大的恐惧和厌恶。我在此署名，声明写在纸上的一切都是真的。

医学博士 罗伯特·麦西森

……瑞蒙德医生，这就是我知道和看到的故事。这种负担压力太重，我一个人无法承受，然而除了你，我又不能告诉什么人。最终和我在一起的维利斯，一点也不知道树林中的可怕秘密，一点也不知道我们都看见死去的人如何躺在芬芳的草地上，躺在夏日的鲜花中，一半在阳光下，一半在树荫里。海伦握着女孩蕾切尔的手，叫来那些伙伴，在我们踏过的土地上，形态僵硬，那种恐怖我们只能意会，只能通过修辞方式加以说明。我不愿告诉维利斯这一切，也不愿告诉他与之相似的东西。当我看见肖像时，就像有重重一棒打在我的心上，最终将恐惧推向极致。这可能意味着什么，我不敢猜测。我知道死去的不是玛莉，然而在最后的痛苦中，是玛莉的眼睛注视着我。是否有人能够告诉我这一连串恐怖神话的最后一环，我不知道，但是如果有人可以做到这一点的话，这个人就是你，瑞蒙德医生。倘若你知道其中的秘密，那么，说与不说，你来决定。

我一回到城里就给你写信。前几天我一直待在乡下，也许你可以猜出是在哪个地方。尽管伦敦人的惶恐和惊吓还处在高潮——因为知名人士"波曼特夫人"，就像我告诉你的那样，我还是写了一封信给我的朋友，菲力普斯医生，大致介绍，或者说是暗示了所发生的事情，请他告诉我所叙述事件发生的村庄名称。

尽管他说已不那么着急，但还是将名字告诉了我，因为蕾切尔的父母已经去世，家里其他人也在六个月前到华盛顿州的一个亲戚家去了。菲力普斯医生说，蕾切尔的父母无疑死于女儿可怕死亡所导致的悲伤和惊恐。收到菲力普斯来信的那天晚上，我在卡曼，站在罗马城墙的脚下，眺望曾是"海神"古庙的一片草地，看见一所房子在阳光下闪闪发光。那是海伦住过的屋子。

我在卡曼待了几天，发现那里的人们知之甚少，想象力差。那些听我讲到这件事的人似乎都感到惊奇：一位古玩商（我自称）竟会对乡村惨案伤神费心，他们显得十分平静。正如你可以想象得到的，我一点也没有说出我所知道的事情。我大多数时间都泡在大树林里，树林刚好从村庄口上行，爬上山腰，进入峡谷的河边。这又是一条可爱的长峡谷，瑞蒙德，就像那个夏天的夜晚我俩在你屋前来回散步时所看到的一样。

有好几个小时我在迷宫一样的森林里迷路了，一会儿向右，一会儿向左，我只能沿着低矮树丛中的漫长小路缓缓踱步。即使在中午的骄阳下，林间小路也又阴又凉。我在巨大的橡树下停住脚步，躺在一片空地的一小块草皮上，一丝野玫瑰的清香随风飘来，夹杂着野花的浓香，这种混杂的气味就像是死者屋里的味道，由焚香和腐臭共同散发出来的烟气。

我站在树林的边缘，凝视着一长列壮观的毛地黄，高高耸立在阳光普照下的欧洲蕨和闪亮红色之中。再往远处，在茂密的灌木丛林深处，泉水从岩石的缝隙里喷涌而出，滋润着阴湿、毫无价值的水草。直到昨天我才爬到山顶，站在穿过树林最高处的罗马古道上。海伦和蕾切尔就曾在这里散步，两边是高高的红土，沿着这条宁静的小路，踏着闪光的榉树篱包围着的绿色草地。我踏着海伦和蕾切尔的脚步，不时地透过树枝分开处向远处瞭望。在一侧，我看见弯弯曲曲的树林向远处延伸，一会儿向右，一会儿向左，进入一片宽阔的平地。再往前走便是黄色的海洋，以及海上陆地。另一侧是山谷、河流，山峦连绵，似波浪起伏，还有树林、草地、麦田、闪闪发光的白色房子、一条巨大的山脉，以及北方的深蓝色山峰。

我终于来到了这个地方。小路缓缓向上倾斜，然后变宽，成为一片开阔地，四周围着一道矮树墙。接着小路再次变窄，伸向远处和淡蓝色的夏季热雾中。蕾切尔消失于这片宜人的夏季空地，离开此地时她还是个孩子，谁又会说什么呢？我在那里没待多久。

靠近卡曼的一座小镇上有一个博物馆，收藏着各个时期在附近发现的罗马遗物。到达卡曼后的那一天，我步行来到这个小镇，抓紧机会细察博物馆。我看了馆藏大部分雕刻的石头、棺材、项链、硬币和这里的嵌花人行道碎片后，他们让我看一块由白色石头制成的小型方碑，是最近在我所说的树林中被发现的，经探询得知就是在罗马古道变宽的那片空地上被发现的。石碑一侧的碑文，引起了我的注意。碑文如下：

伟大的诺登斯神（大海和深渊之神）在上，弗雷威尔斯·塞尼莱斯因亲眼目睹树荫下的婚礼而立此碑。

博物馆管理员告诉我，当地的古玩商都感到十分困惑，不是因为碑文，也不是因为翻译碑文有困难，而是因为碑文中所提及的事件或仪式。

……现在，亲爱的克莱克，至于你说的有关海伦·伏恩的事情，你看见她在恐怖得几乎令人无法相信的情况下死去。我对你的叙述很感兴趣，不过这些内容，不，全部内容，我都早已知道。我可以理解你在肖像和实际面孔两者之间所发现的奇怪相似之处，因为你见过海伦的母亲。你记得许多年前那个宁静的夏日之夜，我和你谈到影子背后的世界，谈到潘神大帝。你还记得玛莉吗？她是海伦·伏恩的母亲，海伦生于九个月之后。

玛莉一直没有恢复理智，就像你看到的那样，一直躺在床上，孩子出生几天后她就死了。不过我认为就在最后一刻她认出了我，我站在她的床边，一瞬之间，她的眼睛里流露出熟悉的神色，然后浑身发抖，哼了一声就死了。你在场的那天晚上，我的工作做得很差劲。我打开生命之门，却不知道也不关心什么东西会经过或进入。记得你当时十分严厉地告诫我，从某种意义上讲也非常正确，我用愚蠢的实验，根据荒唐的理论，摧毁了人的理智。

你谴责得很好，但我的理论并非完全荒唐。玛莉看到了我说过她会看到的东西，但是我忘了，人类的眼睛如果看到了这种东西是要受到惩罚的。我还忘了，就像刚才所说，当生命之门被如此打开的时候，也许会走进我们不知道的东西，人的肉体也许会变成他们不敢揭开的恐怖面纱。我玩弄了连自己也不理解的力量，你却看到了它的结果。

尽管死相十分可怕，但海伦·伏恩将绳索绕在脖子上死去的时候却表现得十分从容。面孔变黑，形态丑陋，她躺在床上，在你眼前改变、融化，从女人到男人，从男人到野兽，从野兽到不如野兽，一切离奇的恐怖，你都亲眼目睹，也令我惊讶。你说请来的医生看到了为之震颤的东西，我在很早以前就已经发现了。我知道孩子出生时自己所做的事情。当孩子不满五岁时，我意外地遇到了这种情景，不是一次、两次，而是很多次。

你也许会猜测是何种情景。它对我来说是一种持续不断、魔鬼缠身似的恐惧。几年之后我感到自己无法再忍受下去了，于是我将海伦·伏恩送走。现在你该知道是什么在树林里吓坏了那个男孩。这个离奇故事的其余部分，以及你告诉我的所有其他事情，就像你朋友发现的那些，我设法不时地加以了解，而现在海伦已经和她的伙伴们在一起了。

绿色笔记本

一

"只有巫术和圣灵才是真理,"昂布鲁斯说,"它们都是一种远离现实生活的迷醉。"

科特格瑞夫心驰神往地听着,他是跟着一个朋友来到这所位于北部郊区的破房子的,隐士昂布鲁斯休息的书房就在废弃的花园后面。

"是的,"他接着说,"魔法代代相传,充分证明了其灵验。对于很多信奉素食主义的人来说,一点儿干面包屑和白开水就能使他们得到足够多的快乐。"

"你是在说圣人吗?"

"是的,也包括罪犯。我想你犯了一个司空见惯的错误,就是只把圣灵世界归为完美的境界,其实邪恶也必然在这其中占有一席之地。对于世间的凡夫俗子来说,要成为最邪恶的罪人和成为一位圣人同等困难。大多数人只是一些平庸的凡人,他们在这个世界上糊里糊涂地活着,不知道生活意义何在,不理解世界的内在含义。其结果是,他们无论善恶都无关紧要。"

"你认为一个大奸大邪之人也能跟圣徒一样禁欲吗?"

"任何伟人都会追求完美的原型。我坚信很多完美的圣人从来没有行过什么'善举'(在最为普通的意义上)。另一方面,却也有许多罪孽深重的人从未干过一件'坏事'。"

说完这些,昂布鲁斯暂时走出了房间。科特格瑞夫兴致盎然地向朋友道谢,谢谢他的这次引见。"他真了不起,"他说,"我从没见过这样的狂人。"

昂布鲁斯带着很多威士忌酒回到房间,慷慨地招呼着两个客人。他一边猛烈地抨击禁酒的教义,一边递过一瓶塞尔脱兹矿泉水,也给自己倒了一杯,正准备继续他的独白,这时科特格瑞夫插话道:"我接受不了这个,你知道,你的悖论实在太荒谬了。一个大奸之人会从来没干过坏事,这可能吗?"

"你完全错了,"昂布鲁斯说,"我从不讲什么悖论,我没有这个本事。

我只是说，有人能很好地鉴识布尔哥尼产的红葡萄酒，却连淡啤酒的味儿也没闻过，就是这样。这不是悖论，而是不辨自明的大白话，不是吗？你之所以会对我的话吃惊，是因为你还没有认识到罪恶的本质。哦，是的，大写的罪恶和普通的犯罪确实有点联系，譬如谋杀、偷盗、通奸或诸如此类的事，就好比文学和ABC字母之间的联系一样。但我认为，这种误解是很常见的，之所以会产生，就在于我们是从社会角度出发来思考这些问题的，认为一个对我们或是对他的邻居作恶的人就一定是个邪恶的家伙。从社会学角度来说这没错，但你是否知道，罪恶从本质上来说是一件孤独的事情，是一颗孤独灵魂的激烈情感？是的，普通的杀人犯，仅仅是一个杀了人的人，在真正意义上却无论如何都算不上是一个罪犯。他只是我们必须清除的一只禽兽，以免我们再次受到伤害。我更愿意把杀人犯和禽兽而不是和罪犯归为一类。"

"这听上去有点离奇。"科特格瑞夫费解地说。

"我不这么认为。杀人犯不是从积极的一面去干件事情，他是消极的，缺少正常人所拥有的东西。邪恶却完全具备一种积极的品质，只是立场错了。相信我，就其真正的意义而言，罪恶是极为罕见的，很可能真正的罪犯要比圣人少得多。我们很自然地认为对我们不友好的人就一定是个大坏蛋。钱包被偷是件让人很不愉快的事，从人情世故角度来看很实际，所以我们说小偷是罪犯。其实他只是一个发育成长不健全的人,当然成不了圣人,虽然也许在很多时候,小偷的确要比大多数干过砸门强抢的人要好。我承认小偷很讨厌,如果被我们抓住就会关起来,但他所惹的麻烦和真正的罪恶比起来还差得很远。"

天已经很晚了。带科特格瑞夫来的朋友早就领受过这套演说,但还是得体地露出礼节性的微笑,科特格瑞夫却已经开始把这位"狂人"当成圣人了。

"知道吗,"科特格瑞夫说,"你真有趣,你是否认为我们并不真正理解邪恶的本质?"

"是的,我认为我们没有。我们总是要么过高要么过低地估计了普通犯罪。我们把许多触犯法规的行为看得很严重——我们认为这些法规是维持人类社会所必要和正当的,对猖獗的犯罪更是大为惊恐,但这些说辞根本就是胡扯。就拿偷盗作为例子来说吧,想想罗宾汉,那些17世纪的英雄好汉,你是否感到可怕呢,还是现在的那些公司发起人会更让你感到害怕?

"另外一方面,我们又过于低估了邪恶。我们把和我们的钱包(或者老婆)过不去的人视作罪人,却完全忘记了真正罪恶的可恶之处。"

"罪恶是什么?"科特格瑞夫问。

"让我以另外一种方式回答你的问题。如果有一天你家的猫或狗,说真的,开口用人的腔调与你谈话交流,你会怎么想?你一定会吓得要死，我敢保证。如果你花园里的玫瑰唱了一首奇怪的歌，你也肯定会吓得发疯。又比如，假设你在路上看到石头发芽生长，或者你晚上注意到的鹅卵石在早上开出了石花，你会有什么样的反应？好了，这些例子会让你对真正的罪恶有所了解的。"

"瞧，"这时他们的共同好友平静地插话道，"你们俩越谈越投机了，可是我该告辞了。现在已经错过了最后一班电车，我只能走回去了。"

他们的朋友消失在路灯尽头的晨雾里，昂布鲁斯和科特格瑞夫开始更加深入地讨论起这个话题。

"你太让我惊奇了，"科特格瑞夫说，"我从来没有这样想过。如果事情真像你讲的那样，所有的逻辑就都要颠倒过来了。罪恶的本质真的是……"

"上帝作证，"昂布鲁斯说，"对我而言，罪恶不过是以一种特殊的方式企图侵入另一片更深的领域。你能够理解为什么罪恶如此之稀少。世间真的很少有人尝试过以遭到禁止或哪怕受人允许的方式侵入另外一些或高尚、或卑微的领域。普通大众对自己平静的生活已经心满意足，这也就是为什么圣人如此之少，而罪恶之人（就其本来的意义）就更少，兼具两者品质的天才人物愈加稀少。是的，总体来说，要成为一个伟大的罪恶之人比要成为一个伟大的圣人还要难。"

"你的意思是说，罪恶有着极为非同寻常的表现？"

"没错。神圣的事物要求付出极大的努力,但神圣只是自然地发挥作用,这是恢复人类堕落以前在伊甸园时迷醉狂欢的努力。而罪恶是努力追求狂欢,这样做的结果是使人成为魔鬼。我已经告诉你单单一个杀人犯不足以使其成为一个罪恶之人,这是千真万确的,但罪恶之人有时倒确实是杀人犯,吉尔·德·利兹就是一个例子。现在你可以看到,善与恶对普通人来说都是非同寻常的,对于生活在文明社会中的人们,恶要比善有着更加深层的意义。圣人努力追问他所失去的东西,而魔鬼则追求本就不属于他的东西。概而言之,魔鬼重复人类在伊甸园犯下的错误。"

"你信仰天主教吗?"科特格瑞夫问。

"是的,我是灾难深重的英国国教信徒。"

"那么,对那些你视作小过失而宗教却认为是罪行的教义,你又是怎么看的呢?"

"是的,但是与之相关的有一个词'巫师'。我觉得它是解释这个问题的关键。你能想象靠说谎解救无辜受害者的生命是一种罪恶吗?不是?很好。并不仅仅只有说谎者可以被排除在外,最重要的是,巫师是利用世俗生活,以及世俗生活中的缺陷来达到他们极其邪恶的目的。让我来告诉你,我们天生的感觉系统已经非常迟钝,我们日复一日地沉浸在物质主义之中,当我们真的遭遇邪恶时又没有能力去辨别。"

"但是，难道我们遇到邪恶之人时不会感到害怕吗？就像你提醒的那样，如果玫瑰花唱起歌来我们会感到害怕。"

"正常的话，我们自然会害怕：女人和孩子们会感到害怕，甚至动物也一样。但是我们中的大多数已经被传统和教育所蒙蔽，阻碍了自身正常的推理能力。是的，有时我们可以通过对善的憎恨来鉴别恶，如果一个人不自觉地受到恶的支配，就很容易形成世俗生活的观点。但这是非常次要的，作为惯例，我以为托菲特的祭祀长那样的角色被我们完全忽略了，或者在某些场合只是被当作好心做了错事。"

"但是你刚才提到世俗这个观点时，用了'不自觉'这个词，邪恶难道是不自觉的吗？"

"向来如此，肯定是这样的，就像圣人和天才在这方面的表现一样。这是心灵的一种狂喜和迷醉，是对尘世束缚的超越，超越了世俗，也就超越了我们的理解力——体验一切的感官功能。是的，一个人可以极其邪恶却不自知。但我可以说，本真意义上的邪恶是很少的，而且越来越少了。"

"我正在努力理解你所说的，"科特格瑞夫说，"按照你认为的，真正的邪恶和我们通常所说的邪恶完全不同吗？"

"当然。这就好比这两者的类比，如我们可以说'山的脚'，也可以说'桌子的脚'，没有什么问题。有时这两者看上去用的是同一种语言，就好像粗鲁的矿工、泥工，或缺乏教养的狩猎人等，多喝了几杯后回到家，把不知趣的老婆打个半死一样。他们是凶手，吉尔·德·利兹也是凶手，但你看出这两者之间的鸿沟了吗？'凶手'这个词，偶然地在这两种情境中都被用到了，但'凶手'一词的含义却完全不同。它们的区别好像'豪布森'和'乔布森'根本不能混淆一样；同样也不会有人把希腊神话里的'阿尔戈'英雄和印度教里对克利须那神的'杰尔戈'崇拜在语源上混为一谈。毫无疑问，社会学意义上的罪恶和宗教意义上的罪恶之间，其微弱的联系就像我们前面打的比方那样。所以，学校老师很少会给学生讲清这两者之间的区别。如果你略通神学，就能懂得其中的奥妙。"

"很遗憾，"科特格瑞夫说，"我很少在神学上花功夫。说真的，我经常想那些神学家究竟凭什么说科学是他们最爱研究的课题，因为我所读过的所谓神学著作无非都是一些关于虔诚向神的东西，或者有关以色列王和犹大的故事。但我对这些国王没有兴趣。"

昂布鲁斯咧嘴笑了。

"我们不谈神学问题，"他说，"我猜你很能辩论，但有关'国王的朝代'之类的问题与神学的关系，其实就像凶手农夫鞋上的钉子和真正的邪恶之间的关系一样。"

"现在让我们回到正题上，你认为罪恶是个充满玄机的概念？"科特格瑞夫问道。

"是的,罪恶是阴间的奇迹,就像神圣是天堂的一样。有时它增强到一个极高的音阶,使得我们都无法忽视其存在;有时它又像是管风琴吹出的音调,低沉到我们都听不见。有时它会把人领向疯人院,或是更奇怪的地方。但你千万不要把罪恶和普通的干坏事混淆起来。记住,就像基督的信徒曾经区分过慈善行为和慈善本身一样,一个人可能把自己的所有财物都分送给穷人,但这仍然称不上慈善;一个人也许能够做到避免犯罪,却仍可以是个罪恶之人。"

"你的推理太奇怪了,"科特格瑞夫说,"但我承认我很感兴趣,我想从你说的前提出发,是否很容易会得出这样的结论,真正的罪恶之人很可能会以一个完全善良的形象出现在人们的面前?"

"当然,因为真正的罪恶跟社会生活或社会法制没有任何关联,如果有,也只是偶然和意外的联系。罪恶只是心灵的一种孤独激情,或是孤独心灵的激情——随你怎么认定。如果在偶然情况下,我们理解和掌握了罪恶的含义,那么心里真的会充满对罪恶的恐惧和敬畏。但这种感情与我们面对普通犯罪时的害怕和憎恨是大不相同的,因为普通犯罪大多与我们切身利益的得失相关,譬如生理伤害或钱包被偷等。我们憎恨杀人者,只是因为我们憎恨被人杀害,或者不愿看到任何我们爱的人被杀害而已。所以,从另一方面来说,我们敬仰圣人,却不像喜欢自己的朋友一样喜欢他们。你能说服自己喜欢圣徒保罗陪伴左右吗？你会想象你能和杰勒哈德那样的圣洁骑士成为朋友吗？

"罪恶之人如此，圣人也是一样。如果你碰见一位邪恶之人，并且洞悉了他的邪恶，毫无疑问你会十分恐惧，却说不出理由。反过来说，很有可能你能够与罪恶之人为伍而把罪恶的念头抛开，但过不了多久你还是会越想越后怕。这毕竟是非常恐怖的，想想看，如果玫瑰和百合花突然在明天一早唱起歌来，如果你的家具会排队走路，就像莫泊桑的小说里描写的那样，你会怎么样？"

"我很高兴你又回到两者的比较上来，"科特格瑞夫说，"因为我想问你，现实世界里究竟是什么同这种非人间的奇迹有契合之处。一句话，罪恶是什么？我相信，你已经给了我一个抽象的定义，但我需要具体的例子。"

"我告诉过你这很少见，"昂布鲁斯说，他显得并不想直接回答这个问题，"这个时代的物质主义已经极大地抑制了神圣，但对罪恶的抑制也许更厉害。我们对自己居住的地球已经感觉非常习惯，十分舒适，已不再企盼任何升华或堕落了。就像决定深入研究托菲特（耶路撒冷以南希农山谷中的神坑）的专家，最终只能蜕变为一个纯粹的古文物研究者。而古生物学家是不可能向你展示活着的翼手龙的。"

"但是我认为你也是一个专家，而且相信你的研究和我们的生活是相关的。"

"看得出，你是真的感兴趣。好吧，我也算是对此稍有研究，颇有心得，如果你愿意，我给你看一个与我们所谈论话题有关的东西。"

昂布鲁斯举起一根蜡烛，走到远处一个昏暗的角落。科特格瑞夫看到他打开一只旧式柜子，从中取出一个神秘包裹，然后又回到他们坐着的窗下。

昂布鲁斯解开一层层包装纸，拿出一本绿色的袖珍笔记本。

"你会好好保管它的吧？"他说，"这是我最珍贵的收藏物之一，不要随意乱丢，否则我会很沮丧的。"

他摸着褪色的系带，说："我认识记日记的这个姑娘，你看了之后就会理解我们今晚所谈的一切，但我不想谈论这姑娘的结局。"

"几个月前一本杂志上登载过一篇奇怪的文章，"他说，"这篇文章是由科恩医生写的——好像是这个名字。他说，有一位女士看着自己的女儿在客厅的窗下玩耍，突然沉重的窗框因松动掉下来砸在了孩子的手指上。我想，这位女士是昏倒了，科恩医生被请去。在给孩子包扎受伤手指的时候，他发现孩子的母亲也在痛苦地呻吟，她手上相同地方的三根手指已经浮肿、发炎。后来，据医生讲，发脓的地方结了痂，很久才脱落。"

昂布鲁斯一边讲一边非常珍惜地捧着绿色的笔记本。

"好吧，这个给你。"最后，他还是把爱不释手的收藏品交给了科特格瑞夫。

"你看完后就还给我。"在穿过走廊时昂布鲁斯说，他们走进花园，白色百合花的香气熏得人发昏。

科特格瑞夫离开时，东方已经升起了鲜红的朝霞，从他站立的高地一眼望去，可以看到伦敦城的壮观景象。

二

笔记本的摩洛哥封套很陈旧，颜色也已暗淡，是七八十年前的那种装帧样式，但没有任何污迹或是被人使用过的痕迹。它不知什么原因被遗忘，然后又被扔到了某个隐蔽的角落。笔记本上有股挥之不去的陈旧气息，像那种一个世纪以上的家具才会有的气味。封套里的扉页上装饰着古怪的彩色纹样和褪色的金边。笔记本的开本很小，纸张却不错，里面密密麻麻地写满了笨拙的小字：

我是在楼梯拐角处的柜子抽屉里发现这本笔记本的。那是一个雨天的下午，我不能出去玩，于是就举着一根蜡烛在柜子里到处翻找。几乎所有的抽屉里都是用过的衣物，但有一个小抽屉是空的，在抽屉深处我找到了这个本子。我需要这样一本笔记本来记录自己的秘密心事。我还有很多这样的本子，都藏在了一个安全的地方，我打算在这本本子上记录些秘密，但有一些是不能写的。我不能写下一年前那些日子的真实日期，也不能说出"阿克罗"字母或开俄斯语言的写法，还有美丽的圆圈舞、毛戏以及酋长的歌曲。我也一定不能泄露仙女是谁，或"道尔""济罗"以及"伏拉斯"的含义。所有这些都是非常机密的，我很开心自己还记得这些，并且懂那么多种语言。

但有一些是被我称之为至高机密的，只有我独自一人时才敢去想。那时我会闭上眼睛，亲手触摸并且轻声诵念这些语言，于是"阿拉拉"就来了。我只会在夜晚的家里或是某片树林里做这些事情，但不能描述，因为这些树林是机密的地方。另外还有许多全部非常重要且特别有趣的仪式，包括白色仪式、绿色仪式和紫色仪式。紫色仪式是最棒的，不过只有在一个特定的地方才可以正确举行。除此之外，我还跳舞、演喜剧。我曾经在有人观赏时表演过几次喜剧，但没有人能看得懂。

懂得这些事情时我还很小。在我很小的时候，母亲还在世，我就记得自己对这些事物有印象，只是那时还感到困惑不解。我记得在五六岁时，有一次父母以为我没注意到，就偷偷地谈论我。我听到他们说，一两年来我的表现是有多么奇怪；保姆把母亲叫来，因为我总是自言自语一些别人无法理解的话。我当时讲的是"胥语"，现在只记得其中很少一部分了，这是那些从摇篮外张望我的白色小人们说的话。他们和我说话，而我也学会了他们的语言并与他们交谈。

白色小人向我描述他们居住的白色大屋子，那里的花草和树木都是白的，有与月亮比肩的高山，还有清凉的风。长大后我常常向往这些地方，在我很小的时候白色小人就离开了我。大约我五岁的时候，发生了一件奇异的事情。那日，天气十分炎热，我坐在保姆的肩膀上，我们穿越一片金黄的谷地。接着又穿过树林的一条小路，后面有个高个儿尾随着我们，直到我们来到了有一潭深泉的地方，周围幽深阴暗。保姆把我放到树下一片柔软的苔藓上，说："现在他到不了池塘了。"然后就留下我一个人离开了，我安静地坐着，到处张望。树林外来了两个漂亮的白色人，他们走到潭边唱歌跳舞。他们有着奶白色的肌肤，犹如我们家客厅里的象牙雕人像一样。其中有一位美丽的姑娘，她有一双黑色的眼睛，一张严肃的面孔和一头乌黑的长发。她对另一个正在走来的同伴露出奇怪的、忧伤的微笑。他们一起跳舞，围绕池塘转了一圈又一圈，我在他们的歌声中睡着了。

保姆回来后推醒了我，她长得有点像刚才的那位姑娘，于是我把看到的一切都告诉了她，问她为什么长得像那个姑娘。起初保姆哭了，随即脸色苍白，显得十分害怕。她把我放到草坪上，注视着我，我看出她因为恐惧而发抖。保姆说我在做梦，但我知道我没有做梦。然后她要求我发誓不告诉别人，如果透露了半点音讯就把我扔进池塘里。与保姆不同的是,我一点都不害怕。我至今也没有忘记那时见到的情景，每当我独自安静地闭上眼睛，就能再次看到那些白色人，他们的形象模模糊糊却令我激动。耳边时断时续地传来他们的歌声，我却不会唱。

我十三岁时（将近十四岁）有了一次离奇的单人历险经验，我把那天称作"白色节日"。那时，母亲已经去世一年多了，每天上午我得做功课，下午才能一个人外出散步。这天下午我选择了一条自己没有走过的路，沿着一条小溪走进一片陌生的山野。我脱下上衣方便穿过茂密的灌木林，不时有低矮的树枝从我头上划过，有时要翻越长满带刺灌木丛的山头，有时要避开阴暗树林里伏地而生的荆棘丛。

路长得似乎没有尽头。我走了很久很久，匍匐穿过一条隧道，这里曾是一条小溪的水道，现在已经枯竭。地面坎坷不平，隧道顶上是缠绕生长的小灌木，隧道里显得很幽暗。我走啊走，路依旧无限地延伸着。后来我走到了一座从未见过的山坡前，走过周围阴暗的灌木林时，缠绕扭结的树枝划破了我身上的皮肤，痛得我直哭。

又走过了很长一段路，我发现灌木丛没有了，我走到了一块光秃秃的空地上。稀疏的草丛里随处是一堆堆形象丑陋的灰色岩石，石头底下长着像蛇一样扭曲的矮树。以前我从未见过如此丑陋的巨石，有些像是从地下冒出来的，有些则像是从别处滚落到这里来的。它们彼此相连,消失在我目光的尽头。越过这些丑石我看到了一片奇特的山野，那时已经是冬天了，山上到处是连绵的黑色树林，好像一间挂着黑色窗帘的大屋子，那些树的形状与我见过的树木大为不同，我很害怕。

树林之外是起伏的环形大山，我感到既奇怪又陌生。四周黑魆魆的，阒然无声。天空阴沉沉的，像传说中邪恶的大圆顶。我继续向令人惊奇的岩石走去，在成百上千的岩石堆中，有些石头像龇牙咧嘴的恐怖人脸，它们似乎马上就要向我扑来，把我拖回到石头里，永远和它们住在一起；有些石头像匍匐在地的野兽，恐怖地吐着舌头；有些石头像我不认识的文字；有些石头就像死人一样躺在草丛里。

尽管害怕，我还是在石堆中穿行着，心里装满了它们硬塞给我的邪恶曲调，同时想象着像它们那样做鬼脸、扭曲自己的身体。我走啊走，终于来到了一个地方，那里的石头不再让我害怕。我唱起了心中想唱的歌，而这些歌词是不能说也不能写出来的。接着我像那些石头一样做起鬼脸、扭起身子；又像那些死人般的石头那样平躺在地上；我走到咧嘴微笑的那块石头旁，张开双臂拥抱它。然后我穿过石堆到了一个圆土墩面前，这是个比普通土墩更高的土墩——几乎有我家的房顶那么高，它像一个倒翻过来的巨大脸盆，覆盖着青葱树木的土墩四周圆润光滑，有一块像旗杆一样的石头高高地矗立在上面。我从土墩边缘向上爬去，但它太陡了，我只能停下来，否则会直接滚下去，跌倒在地面的石头上摔死。但我太想爬上这个土墩了，我将身子平贴在坡上，抓住地上的草一点一点往上攀爬。

终于我爬到了土墩顶上，我坐在土墩的石头上，向周围望去。我觉得自己走得很远，仿佛已经离家上百英里，来到了只有在《吉尼的故事》或《一千零一夜》里才描述过的奇怪地方；好像跨越重洋发现了从来没有人来过或听说过的另一个世界；又好像飞越星际降落到另一个星球上，书上说那里万物凋谢，一片死寂，没有风，连空气也没有。我坐在石头上，一遍又一遍地环视四周，感觉自己好像坐在空无一人的镇子中央的高塔上，放眼望去除了灰色的石头别无所见。我分辨不清绵延无尽的石头形状，但看到它们一直延伸到很远的地方，它们似乎是被人为地排列成现在的图案、形状和数字，但我知道这不可能，因为很多石头是从地底下冒出来的，所以我看了又看，但还是只看到一圈又一圈的石头，大圈套小圈，呈金字塔形、苍穹形和锥形。它们全都围绕在我坐着的地方，越看越多，越来越大。看的时间久了，所有的石头好像巨轮一样旋转了起来，我在中央也不由自主地跟着转，转得头晕目眩，脑海一片模糊，眼前呈现出蓝色的火花。石头不停地转啊转，仿佛在不停地跳跃起舞。我又感到了害怕，大声地哭了起来，从坐着的石头上跌落摔倒了。

站起来的时候，我高兴地发现四周又恢复了宁静。我从土墩上滑了下来，继续向前走。我模仿石头舞蹈的样子转着圈，直到感觉眩晕为止。我边走边哼着小曲，庆幸自己能跳得这么好。最后，我来到了一座平整大山的山脚下。石头不见了,这条路又要穿过一个山谷中的茂密灌木丛。这条路和刚才那条我走上来的路一样艰难,但我不在乎,还为能学到那么独特的舞蹈而高兴。我趴下身,匍匐穿过灌木丛。

一株高高的荨麻刺得我双腿火辣辣地疼,但我没有在意,虽然不时被树枝和灌木刺刮得剧痛,我还是又笑又唱。走出灌木丛我来到了一个封闭的山谷,这也是个从来没有人到过的隐蔽地方,又窄又深,到处生长着浓密的树丛。树丛下有一汪深潭,跟山上枯死的蕨类相比,潭边的蕨类不仅整个冬季都保持碧绿的颜色,而且还有一种像从杉树上渗出来的清香气息。山谷里流下一条小溪,我一迈步就可以跨过去。小溪欢笑着汩汩地流过红黄绿相间的小石头,显得五彩缤纷,生机勃勃。

我用双手掬起一捧水,味道有点像香甜的黄酒。捧一次,喝一次,真不痛快,我干脆伏下身子凑近水面,低头用嘴直接啜饮起来。这样喝味道更好了,一圈涟漪荡到嘴边亲了我一下。我笑了,边喝边想象有位水中仙女在亲吻我,长得就像挂在家里墙上画像中那位。我又把身子伏低了一点,对着水面轻轻地告诉仙女我还会再来的。这肯定不是普通的水,我站起身兴奋地往前走,跳着舞爬过山谷,来到陡直的山崖下。

我爬上山崖,大地在面前升腾而起,像堵又高又陡的墙。除了天空和这堵碧绿葱葱的高墙外,别无他物。我想起"永远的永远,世界没有尽头，阿门"这句祷告词，觉得自己一定找到了世界的尽头，这里就像是万物的终点。光被熄灭后流转到此，水被太阳吸收后也奔涌至此。除了"佛尔"的世界，外面不会再有其他东西。

我回想自己走过的长长的路，怎样发现那条小溪又跟着它走，怎样穿过带刺的灌木和满是伏地生长着荆棘丛的阴暗树林。接着爬过一条隧道，看到了那些灰色的岩石，坐在中间看它们转圈。然后我又穿过岩石，经过刺得人发疼的灌木丛，来到幽暗的山谷，这真是一条好长好长的路。我担心自己该怎么回家，如果我还能找到回去的路，如果我的家还在的话。或许房子已经倾覆，家里的一切都已经变成石头了呢，就像《一千零一夜》里写的那样。

于是我坐在草坪上，思虑着下一步该怎么办。我累了，双脚因为走路而火辣辣地疼。我看了看周围，发现在这堵绿墙下有一眼泉水。泉水周围的地面布满了鲜亮的、青翠欲滴的苔藓，各种各样的苔藓，蕨类样的、手掌样的，以及杉树样的，都像珠宝一样青翠，上面挂着宝石似的水珠。中央是那口又深又亮的泉水，泉水清澈得我几乎能触摸到水底那些红色的沙子，但实际上沙子还离我很远。

我站到水边看着，好像在照镜子一样。水底不停地有水泡冒出，带动周边的红色沙砾也不停地飘移着，水面却一片平静。这是口很大的泉水，面积有一间浴室那么大，映衬着旁边鲜亮欲滴的绿色苔藓，看上去就像一枚巨大的白色首饰，周围镶嵌着一圈绿宝石。我脱下袜子和皮靴，把乏力的双脚浸到水里。水清凉又柔和，一会儿我就感觉全身的疲倦消失殆尽。我决定还是继续走下去，不管有多远，都想看看墙的另一面有些什么东西。我慢慢地从侧面往上爬，当爬到顶端向对面望去时，看到了我所见过的最奇怪的一片山野，甚至比那片灰色岩石组成的山丘还要奇怪。那里到处是山丘和岩洞，还有披挂着绿草的城堡和土墙，好像是大地母亲的孩子拿着铁锹在嬉戏。有两个外形像蜂窝的土墩，又圆又大，十分庄严，还有凹陷的盆地、高耸的大山。

突然脚底下一松动，我滑落到一个圆圆的山洞里。我顺着洞壁跑到洞底，这里静默得让人感到奇怪，除了灰暗阴沉的天空和山洞的边缘什么也没有。一切都消失了，山洞就是整个世界。我猜想在月黑风高的夜晚，这里一定鬼影憧憧。四周极其荒凉肃杀，仿佛这是供奉死去异教诸神的殿宇。我想起了小时候保姆说过的一个故事，同样也是这个保姆把我领进那片有着白色小人的树林里。我还记得那个冬天的夜晚，保姆是怎样开始讲述她的故事的。

疾风把树枝吹打在墙上，小房间的烟囱里回荡着风的呼啸声和哀鸣声。她说在某个地方有一个深洞，没有一个人敢进去或哪怕是接近这个洞，这是个十分邪恶的地方。有一次有个穷人家的姑娘说要进那个洞，所有人都竭力劝阻她别这么做，但她还是出发了。她下到那个洞里，回来后哈哈大笑，说那里除了绿草、红白色的石头和黄花之外什么也没有。不久，大家看见她戴起了最漂亮的翡翠耳环。于是他们都问她这是从哪儿得到的，因为她和她妈妈都很穷。她笑着说耳环根本不是用翡翠做的，是用草做成的。

接着又有一天，她胸脯上佩戴了一枚至今为止人们看到过的最红的红宝石，足有鸡蛋那么大，鲜艳得像块燃烧的火炭。于是他们都问她这是从哪儿得到的，因为她和她妈妈都很穷。她笑着说这根本不是什么红宝石，只是一颗红色的石头。接着又有一天，她脖颈上戴上了一根至今为止人们看到过的最漂亮的项链，比女王最耀眼的项链还要漂亮，是由上百颗明亮的钻石串成，闪闪发光好像六月夜空中的群星。于是他们都问她这是从哪儿得到的，因为她和她妈妈都很穷。她笑着说这些根本不是什么钻石，只是些白色的石头。

有一天她去觐见国王，头上戴了一顶金色的纯色皇冠，保姆说那就像太阳一样光芒四射，压过了国王自己头上戴的那顶。她耳朵上戴着翡翠耳环，胸前佩着红宝石胸针，脖颈上是闪闪发光的钻石项链。国王和皇后都以为她是从远方而来的哪国公主，甚至亲自起身走下王位接待她，但有人告诉国王和皇后她不过是个穷人家的姑娘。于是国王问她为什么要戴这样一顶金色的皇冠，是从哪里得到的，因为她和她妈妈都很穷。她笑着说这根本不是什么皇冠，不过是些戴在头上的黄花。国王觉得很奇怪，就招待她待在皇宫里，想看看接下来还会发生什么事情。姑娘长得非常漂亮可爱，人人都夸她的眼睛比翡翠还要绿，嘴唇比红宝石还要红，肌肤比钻石还要白，头发比皇冠还要亮。于是国王的儿子说要娶她，国王答应了他的请求。主教主持了他们的婚礼，接着是隆重的晚宴。晚宴结束后，国王的儿子回到新婚妻子的房间门口。但当王子的手刚触到门，就看到一个面相骇人的黑衣男子站在门口，一个声音在他耳边响起："不要用你的生命冒险，这是我娶的妻子。"

国王的儿子被惊吓得昏倒在地。赶来的卫兵试图进入房间，却办不到；卫兵们想用斧子把门劈开，但房门变得像铁一样坚硬，最后大家都被房间里传出来的尖叫声和哭喊声吓得逃走了。第二天人们走进房间，发现里面除了浓重的黑雾外空无一人，黑衣人已经进来把她带走了。床上有两团干枯的杂草、一颗红色的石子、一些白色的石子，还有一些枯萎的黄花……

我站在洞底时回想起保姆讲的这个故事，这儿十分荒凉，我感到有点恐惧。我看不到任何石头或花朵，但我害怕在不自知的情况下带走它们，于是我想应该用魔咒把黑衣人祛除。我站在洞中央，围着洞走了几圈，以一种特别的方式碰触自己的眼睛、嘴唇和头发，嘴里念起保姆教会我的祛除邪恶的奇异词句。我感觉安全后，就爬出了山洞，穿越沿途所有的山洞，翻过沿途所有的山丘，最后走到路的尽头，这里是最高点，我看到所有不同形状的泥土都被排列成一定的式样，有点像刚才的灰色岩石，只是阵式不同。

天色已晚，周围变得昏暗起来，但是从我站立的地方可以隐约看见有两个人样的东西躺在草丛里。我继续前进，终于发现一片神秘得难以描述的树林。没有人知道怎么进去，只有我用一种特别的方式找到了路。我尾随着一些小动物穿过一条幽暗狭窄的小路，路边布满荆棘和灌木，后来我走到了中央的一块空地。在那儿我目睹了所经历过的最为壮观、最为奇特、最为美丽的景象，但只持续了一分钟。

我吓坏了，立刻跑着离开，顺着进来的通道尽全力爬着回去。我想回家去细细品味，如果我坚持留在树林里，不知道接下去还有什么不可预测的事情会发生。我被灌木刺得浑身火辣辣地痛，心脏在全力狂奔中剧烈地跳动着，一边发抖一边抑制不住地尖叫。我看到一轮皎洁的满月从山那头升起，照亮了回去的路。我翻越土墩，穿过山洞，跑出封闭的山谷，爬上荆棘密布的灰色岩石，最后终于回到了家。父亲还在他的书房里忙碌着，仆人虽然正为我的失踪而担惊受怕，不知道该怎么办才好，但他们还没有通知父亲。我告诉仆人我迷路了，但不说走的是哪条道。

当晚我一夜未眠，回忆着白天经历的一切。当我从那条狭窄的小道出来，虽然是夜晚周围却亮如白昼，这一切显得是如此的真实。我需要单独待在自己的房间里,独自品味白天目睹的一切。我闭上眼睛,想象着自己的所见就在那里。但当我真的闭上眼睛后,所有的景象全消失了。我再次回想白天经历过的一切,记起那终点是多么的幽暗和诡异。我担心这只是幻象,因为发生的这一切看来是那么的不可思议,就像是保姆讲过的一个故事。

虽然当初在洞底时很害怕,但事后已经不再相信这是真的。这时我又回忆起保姆在我小时候说的另外那些故事,我怀疑自己所看到的是否真的存在,或者是她讲的故事以前是否真的发生过。这一切真的太诡异了。我醒着躺在房间里,月亮照着另外一边有河的地方,所以这边墙上没有月光。整幢房子静悄悄的,我听见父亲上楼来了,随后挂钟敲了十二响,再之后就是一片寂静,好像家里的人都死了一般。虽然我的房间里黑魆魆的什么也看不清楚,不过总算有一线微弱的白光从白色百叶窗里漏了进来。我起床往窗外看,整幢房子的巨大阴影笼罩着花园,好像成了绞死犯人的监狱。较远处闪烁着白色的光,天空晴朗无云,四周寂静无声。

我试图回忆看到的一切,但失败了,我又开始回想多年前保姆说过的那些故事。我以为已经想不起来了,可是它们又回来了,还夹杂着关于灌木、岩石、山洞和神秘树林的记忆,我都分不清楚哪些是刚发生的,哪些是过去听说的了,或者我根本就是在做梦。

接着我记起多年前一个炎热夏天的下午,保姆把我独自一人放在树荫里,白色的人从水里、树里出来,又唱又跳。我想象自己所看到的一切,只是无法确切地回忆起来。我又猜想保姆是不是就是那个白色的姑娘,因为她也同样洁白美丽,也有黑色的眼睛和头发。她对我讲故事时,"从前……"或"在远古的时候……",微笑的神情和那个白色姑娘一模一样。但我又觉得她不像,因为她进入树林的路和那个姑娘不一样。我也不相信跟在我们身后的那个男子就是另外一个白色人,否则就不可能在神秘的树林里看到那瑰丽的景象了。我又怀疑是月亮,但月亮是在我到达满是山丘墙洞的荒野时,才从山的那一头升起来的。

这些事情让我迷惑不已,越想越怕,怕已经有什么事发生在我身上,我又想起保姆讲的那个穷姑娘的故事,去过山洞之后她就被黑衣男子掳走了。我记起自己也进过类似的山洞,也许它们是同一个山洞,我也犯下了致命的错误。于是我又一次念起魔咒,以一种特别的方式轻触我的眼睛和嘴唇以及头发,念诵神话传说中古老的词句,可以防止自己被人掳走。

我再次试图回忆在那片神秘树林中看到的一切,但还是没成功,我只好继续回忆保姆讲过的故事。我记起有一个故事是讲一个小伙子去打猎,他带着猎狗搜寻了一整天,泅过河流,找遍了所有的树林和沼泽，直到太阳落山仍然一无所获。小伙子对此非常恼怒，已经准备收拾行装回家了。可是就在太阳越过山头的一刹那，他突然看见从眼前的灌木丛里窜出一只美丽的白色牡鹿来。小伙子朝猎狗们打口哨，可是它们呜呜叫着不愿去追；他又鞭策身下的马，但它颤抖着牢牢站在原地不动，小伙子只好翻身下马自己去追这只白色的牡鹿。

暮色降临了，黑沉沉的天空一颗星也没有，牡鹿跑进了漆黑的夜幕。小伙子手里有枪却不打，想要生擒这只牡鹿，但又怕它会消失在夜幕里。尽管天色昏暗，但他一次也没有跟丢过。他跟着鹿跑啊跑，一直追到自己也不知道的地方。他追着牡鹿跑进一片巨大的森林，空气中到处充满了窃窃私语，地上腐烂的树干发出死一样的惨白光线。每当小伙子以为牡鹿已经跑丢时，它就会全身闪耀着洁白的光芒站在他面前，他立刻飞快地追上去想抓住它，但每次它都跑得更快，所以他总是抓不住。他和白色牡鹿穿越森林，⊠过河流，涉过黑色的沼泽，这里的地面咕咕冒着水泡，空气中游荡着磷火。牡鹿跑进了一个崎岖狭窄的山谷，里面有一股墓穴的气息。然后又翻过绵延的大山，风从天穹吹下来，牡鹿在前面跑，小伙子在后面紧追不舍。

最后朝阳升起，小伙子发现自己追到了一个从来没来过的地方。这是一个有潺潺小溪流过的美丽山谷，山谷中央是一座大山。牡鹿向山上跑去，显得很累，越跑越慢。小伙子尽管也很累，却跑得更快了，他自信能够捉住这只牡鹿。但就在他伸出手想去捉住鹿的时候，牡鹿却消失了，追了这么久还是跟丢了，小伙子伤心地哭了起来。正哭着，他忽然发现面前的山壁上有一扇门，走进门，里面很黑，但他还是向前走，希望能找到追了这么长时间的那只鹿。

突然之间天地放光，小伙子眼前出现了一座美丽的喷泉，小鸟在树枝上吱吱鸣叫。喷泉旁坐着一位可爱的小姐，原来是童话里的女皇。她告诉小伙自己化身为一只牡鹿把他领到这儿，是因为她深深地爱着他。女皇从仙宫里取出一只镶嵌着珠宝的金杯，盛满美酒款待他。小伙喝了女皇的酒，越喝越想喝，这是被施过魔力的酒。他亲吻了女皇，女皇成了他的妻子，他们在一起欢度了整整一夜。当小伙醒过来的时候，却发现自己躺在地上，离当初发现牡鹿的地方不远，他的马和猎狗们还在等他。他抬起头，太阳落到山的那一头去了。小伙回到家后，终其一生不再亲吻别的女子，因为他已经吻过童话里的女皇；他也终其一生不再喝普通的酒，因为他已经喝过那被施了魔力的美酒。

有时保姆会给我讲她从曾祖母那里听来的故事，她曾祖母年事已高，一个人住在山上的小屋里。这些故事大多讲述的都与这座山有关，那里的人们晚上都要聚会，玩各种奇怪游戏，举行各样奇异活动。我理解不了保姆所讲故事的含义。她说，现在除了曾祖母，已经没有人还记得这些事情。没有人，甚至连曾祖母也不知道这座山在哪里。但她给我讲述了一个关于这座山的奇异故事，现在我一想起就吓得发抖。

保姆说人们在炎热的夏季总要来这座山，在这儿跳很久的舞。开始时没有灯火，茂密的树木显得更昏暗。接着，人们一个个从不同方向的秘密通道集合到一起。有两个人把守进口，所有的来客必须做出一个奇怪的手势才可入内。保姆也会手势，但她教我时说她的姿势不准确。各种各样的人都会来：城里的或乡下的、长辈或小孩，还有只会坐着看的婴儿。大家刚到的时候灯火还没有亮起，只有角落里不知什么人在烤着香料一样的东西。刺鼻的味道有刺激人兴奋的功效，那里有一团正在燃烧的煤炭，升起的烟雾是红色的。等大家都到齐了，门就消失了，即便知道那个地方有门也进不去。

有一次，一个陌生的绅士骑着马远道而来，晚上迷了路，马把他带到了这片山区。他看到这里什么都是颠倒的，到处是可怕的沼泽、巨石、洞穴。树都像绞架柱子一样，路上横亘着它们垂下的长长的黑色臂膀。这位绅士害怕极了，马也在浑身发抖，最后再也不肯往前走了。绅士下马想牵着马一起走，但马依旧纹丝不动，身上却大汗淋漓，就像快死了一样。于是绅士独自朝山的深处走去。最后他来到了一个阴暗的地方，听到有人在唱歌尖叫，这是他从来没有听过的歌曲。声音听上去离绅士很近，但就是走不过去，于是他就喊叫起来。喊的时候，有什么东西走到他背后，一瞬间他的嘴巴和四肢都被捆住了，他昏了过去。等他醒过来时，发现自己在最初迷路的地方，躺在一棵已经枯萎的橡树底下，马就系在旁边的树上。他骑上马来到小镇上，把发生的一切都告诉了当地的人们，有些人很吃惊，有些人却知道是怎么回事。

所有应到的人都到齐了，不再有门让其他人进去。里面的人排成一个圆圈，身体互相贴紧，有人在黑暗中开始唱歌，有人用事先准备的乐器发出打雷一样的声音。寂静的夜晚，人们可以在很远的地方听到这种声音。知道这些东西的人在深夜里醒来，一边倾听那雷声似的巨大声响，一边在胸口做一个手势。

唱歌和打雷的声音会持续很长时间，围成一圈的人们前后摇摆着。歌词是用一种没有人能懂的古老语言写的，曲调很奇特。保姆说她曾祖母认识一个还记得一点儿这种歌的人，那时她还很小。保姆试图给我唱上一些片段，奇怪的曲调把我吓得浑身冰凉，直起鸡皮疙瘩，好像摸到了尸体一样。有时是一个男人在唱，有时则由女人来唱，有时唱歌的人发挥十分出色，听众中有几个人便会倒在地上，尖叫着撕扯自己的手臂。歌声持续着，人们也继续前后摇摆。很久之后，月亮会从一个被他们称作"托里迪昂"的地方升起，照耀着前后左右转圈摇摆着的人。

芬芳的浓烟从燃烧着的煤炭上方袅袅升起，飘浮的烟雾围绕在人们身边。唱完歌他们开始用晚餐，由一个男孩和女孩服侍他们，男孩端上一大杯酒,女孩则送来一大块面包,他们把酒和面包依次传递。这种酒和面包与普通种类味道不同,所有尝过的人都会与原来的自己不一样。然后他们站起身继续跳舞,秘密的事物从隐蔽的地方被召唤出来,他们玩着奇异的游戏,在月光下跳了一圈又一圈,有时有人会突然消失,不再回来,没有人知道他们发生了什么。人们喝了很多这种怪异的酒,还会举行图腾祭祀。

一次和保姆外出散步时,她教了我怎么制作这种图腾物。当时我们经过一片有潮湿沙子的地方,她问我想不想知道那些崇拜物是什么样子的,我回答想。她要我发誓只要活着就不对任何人说起这件事,如果我说出去就要被扔到山洞里和死人住在一起。我说不会告诉别人,她一遍又一遍不停地告诫我,我都逐一做了保证。于是她拿我的木锹挖掘起一大团泥土放进我的锡桶,叮嘱我若是回家途中碰见熟人,就说我们是在做馅饼。

我们继续往前走了一小段路,来到一处长有灌木的路边。保姆停下来,透过灌木丛向前面的田野窥视了一遍,然后说:"快!"我们钻进灌木丛里,匍匐穿梭到离公路很远的地方,在一株灌木下坐定。我很想知道保姆会用泥团做出个什么来,她动手前却又要我发一遍保守秘密的誓言,并且再次透过灌木向各个方向窥望了一遍,尽管这条小路又窄又深,不可能有人进来。

我们并坐在一起，保姆从锡桶里取出泥团，用手捏起来，同时不停地做些神秘的动作。然后她把泥团藏进一株有着宽阔叶子的野草里，过一两分钟后再取出来。她站起又坐下，以一种神奇的方式围着泥团转了几圈，整个脸涨得通红，嘴里不停地念念有词。随后她又坐下，把泥团捏成一个娃娃的样子，但和我家里的娃娃不同。她做成的娃娃是我见过最奇怪的，全部都是用潮湿的泥土做成。她把娃娃藏到灌木底下风干，整个过程都神神叨叨地轻声念着一种韵文，脸也随之涨得越来越红。我们把泥娃娃藏进灌木丛，这样就没有人找得到了。

几天后，我们再次散步到这条阴暗狭窄的小路。保姆又一次要我把所有发过的誓言再说一遍，接着她又像上次那样四处张望一遍，才和我一起匍匐爬到我们藏泥人的灌木底下。当时我虽然只有八岁，却记得十分清楚，距离我现在记日记也已有八年。我记得当时的天空是紫罗兰色的，灌木丛中央长着一棵开满花朵的老树，旁边长着一大片绣线菊。现在回忆起那天的情景，好像还能闻到绣线菊和那棵树上花的香味。如果闭上眼睛，就能看到碧蓝的天空中飘着几朵洁白的云絮，早已离去的保姆和我面对面坐着，就像树林里那位美丽的白色姑娘。

她把上次隐藏起来的泥娃娃取出，说我们必须"表示敬意"，于是她展示给我该怎么做，我一直盯着她所做的一切。她对着泥人做了各种奇怪的动作，我注意到整个过程中她都在不停地流汗，虽然我们刚才散步时走得很慢。随后她要我"表示敬意",我按照她做的一切动作重复了一遍,因为我喜欢她,况且这又是一种那么稀奇古怪的游戏。她说如果一个人很有爱心,泥人也就会非常善良;如果一个人用它来做充满仇恨的事情,那得到的效果也一样,不管怎样,人总是要有选择的。我们假扮各种身份和泥人玩了很久。保姆说她曾祖母告诉过她所有关于这些图腾的事情,但我们做的只是游戏,不会有任何危害。

她当时又给我讲了一个关于图腾的可怕故事,这也是那天晚上我回忆起来的。保姆说,从前城堡里住着一个出身高贵的年轻小姐。她非常美丽,所有年轻的绅士都渴望娶她为妻。她是所有人看到过的最可爱的姑娘,仁慈善良,所有人都喜欢她。但是,虽然她对想娶自己为妻的绅士们非常客气,却总是迟疑不决,说她还没有做出决定嫁给哪一个好。她的父亲身为一位尊贵的郡主,虽然对她宠爱有加,对此却非常恼火。他责备女儿,为什么不愿在这些英俊帅气的年轻人中选择一位做自己的夫婿。可是她说自己不是很爱他们,决心再等待下去。如果他们还来纠缠,她就去尼姑庵当尼姑。于是所有求婚的年轻人都表示愿意离开城堡等上一年,一年过后再回来听候她的裁决。

日子就这样确定下来了,年轻人都自觉离开了城堡。小姐答应一年后将选择他们中的一位成亲,可事实是,她就是夏夜里那些在山上跳舞的人们的女皇。有时在晚上,她会锁上房门,和自己的女仆一起从只有她俩知道的秘密通道偷偷地溜出城堡，去山里和那里跳舞的人们会合。她比其他所有人知道的秘密都多，不管是以前的还是后来的人，她从不把最秘密的事情告诉他们。

她懂得所有魔术的玩法，怎样伤害年轻男子，怎样诅咒别人，还有其他很多我无法理解的事情。她的真名是"大小姐埃维琳"，但跳舞的人们叫她"卡赛普"，土话里的意思是非常有智慧的人。她比其他任何人的肌肤都要白，个子都要高；她的眼睛在黑夜里闪闪发光，好像燃烧的红宝石一样。她会唱其他人都不会唱的歌，唱歌的时候，所有人都匍匐在地，顶礼膜拜。她还做他们称作"歇别"的表演，这是一种非常有名的魔法。

她常对郡主父亲说她要去树林采花，父亲就会答应。她和女仆俩来到没有人迹的树林，女仆负责在树林外放哨。她独自躺在树下展开双臂，唱着一首奇怪的歌曲。这时从树林的各个角落就会游来巨大的蟒蛇，吐出分叉的信子，发出咝咝的声音纷纷朝她涌来。蟒蛇们把她的身体、手臂直到头颈紧紧地缠绕起来，最后只能看见她的头还露在外面。她和蟒蛇们轻轻私语，对着它们唱歌，随着声调的抑扬顿挫，蟒蛇越缠越紧，越缠越快，直到她命令蟒蛇离开。听到命令，蟒蛇立刻就游回各自的洞穴里去了。她的胸口上就会留下一块异常奇异而美丽的石头，形状像一只鸡蛋，同时有深蓝、黄、红、绿等多种颜色，外观像蛇鳞一样。这块石头叫魔法石，用它可以施展各种各样的魔法。保姆说她曾祖母曾亲眼看见过这种石头，就像蛇的鳞片一样色泽鲜艳夺目。

大小姐埃维琳还会施很多魔法，但她下定决心不结婚，想娶她的人越来越多，其中有五个人最为出众，他们是：西蒙、约翰、奥利弗、理查德、罗兰多。他们都相信了小姐的话，以为一年后她就会决定嫁给他们中的一个。只有聪明的西蒙猜出她可能是在欺骗他们，西蒙发誓要查明事情的真相。西蒙聪明年轻，有一张柔软、光洁得像姑娘一样的脸蛋。他假装也跟其他人一样说自己一年后再回城堡，这段时间要远渡重洋到外国去。其实西蒙只是稍稍走远一点，随后打扮成女仆的样子又回来了，并在城堡中找到一份洗盘子的活计。

他等待着，观望着，不言不语。他躲在隐蔽的地方，晚上不睡觉，细心地观察任何反常的现象。西蒙狡猾的地方在于，他大胆地告诉伺候小姐的女仆——他其实是男扮女装，因为他是那么爱她，愿意天天和她在一间房间里生活。女仆听了十分感动，就把小姐的很多事情都告诉了他，西蒙更加确信埃维琳小姐真的是在欺骗所有的求婚者。

聪明的西蒙对女仆编织了很多谎言。一天，他成功地躲进了埃维琳房间的窗帘背后，安静地蛰伏在那里纹丝不动。小姐来了，弯腰从床底下端起一块石头，石头下面有个空洞，她从洞里取出一个蜡制的小人像，就像我和保姆在灌木丛里用泥土做的那个一样。整个过程，埃维琳的眼睛都像红宝石一样燃烧着光芒。她把小蜡像放到自己胸口，一边嘴里念念有词，一边反复地把蜡像高举低拿。最后放下手里的蜡像，她说："愿他能快乐地得到主教的青睐，命令牧师、让他成婚、娶到妻子、制作蜂窝、饲养蜜蜂、得到我所真爱的蜂蜡。"

接着她从橱柜里取出一只金色的大碗，又从壁橱里拿出一大罐酒，她往碗里倒了一些酒，把蜡做的人像轻轻放进酒里擦洗。随后她从碗橱里取出一块蛋糕，放到人像的嘴边。西蒙又看到她弯下腰，伸出双臂轻轻地哼唱着，于是在小姐身边就出现了一位英俊的年轻小伙，他们俩相拥亲吻，一起喝金碗里的酒，吃碗柜里拿出的蛋糕。等到太阳初升，小伙子又变回了小蜡人，埃维琳小心翼翼地把小蜡人放回到床底下。西蒙旁观了这一切，心里十分害怕。

现在西蒙清楚地知道小姐是谁了，他继续细心观察，耐心等待，直到离原先求婚者和埃维琳约定的日子只剩下一个星期。一天晚上，他又躲在埃维琳房间的窗帘背后，发现小姐在制作更多的蜡人。她做了五个蜡人，然后把它们藏了起来。第二天晚上，小姐拿出一个蜡人，往金碗里倒满水，掐住蜡人的脖子把它按到水底下，说："理查德，理查德，你的生命即将终结，你要独自在这水中淹死。"

第二天消息传到城堡，理查德在泗水渡河时淹死了。当晚，埃维琳拿出另一个蜡人，用一根紫罗兰色的丝带缠住它的脖子吊在一颗图钉上，说："罗兰多，罗兰多，你的末日就要来了，你会被高高地吊在树上。"

第二天消息传到城堡，罗兰多在树林里被强盗吊死了。当晚，埃维琳拿出另一个蜡人，用锥子刺进它的心脏，说："奥利弗，奥利弗，你将如此断送性命，你的心脏被插进了小刀。"

第二天消息传到城堡，奥利弗在酒店里斗殴，被一个陌生人刺死了。当晚，埃维琳拿出另一个蜡人，把它放到燃烧的木炭旁直到融化，接着说："约翰，回去，变回泥土吧，你将消失于熊熊烈火中。"

第二天消息传到城堡，约翰因发高烧病死了。最后只剩下西蒙一个人，他潜出城堡，骑上马跑到主教那里，把所有发生的事都告诉了主教。主教派人带走了埃维琳，她所做的一切也暴露了。

在那年她本该出嫁的日子，人们把她送往集镇，捆绑在集市中央的火刑柱上。人们把那些蜡制的人像挂在她脖子上，当着主教的面对她施行火刑。据说当时蜡像还在火苗中凄厉地尖叫着。

我醒着躺在床上，把这个故事回忆了一遍又一遍，仿佛又看到埃维琳小姐站在集市上，火苗吞噬着她那美丽的白色躯体。我想得出了神，好像自己也成了故事中的一员。我想象自己就是埃维琳，人们来带走我把我烧死，所有的人都站在集市上看着我。我怀疑她是否在乎被烧死，毕竟她已参加过那些神秘的仪式，我也怀疑火刑究竟能否真的对她造成伤害。

我一遍又一遍努力忘却保姆说的故事，竭力回想那天下午在神秘树林里看到的一切。但只能看到黑暗中的一线微光，接着微光也消失了，我只能见到奔跑的自己，皎洁的月亮从山的那一头升起来了。再往后，所有的老故事就都混进来了。我想起保姆教我唱的那些奇怪歌曲，有一首是哄我睡觉时用的曲子，开头一句是"万能的海伦蹒跚地站住了……"我在心里唱着这首歌，渐渐地睡着了。

第二天清早醒来后我又累又困，无法做作业。上午很快过去了，吃过午饭，我很开心又能独自外出散步了。天气很暖和，我来到山边靠近小河的一片草地上，特意带着母亲的披肩，将它铺在地上，安静地坐着。天空像前天一样灰蒙蒙的，云层背后透出一线白色的微光。

我坐的地方，可以眺望远处的小镇，宁静得像一幅画一样。我记起正是在这里，保姆教过我一种叫"特洛伊小镇"的古老游戏。玩这个游戏，人得不停地跳舞，并以一种特别的方式在草丛里转进转出。等到跳够了、转累了，另一个人就问他问题，他就会控制不住自己，别人要他干什么他就会干什么。保姆说以前还有很多类似的游戏，有一种游戏可以把别人变为你想让他变成的那种东西。她曾祖母就曾见过一个老人，老人说他认识的一个姑娘被变成了一条大蛇。还有一种古老的舞蹈类游戏，可以把别人的灵魂召唤出来，再窍藏起来，他的躯壳就变成了行尸走肉，没有一点感觉了。

但我来到这里，只是想回忆起昨天所发生的一切，以及关于那个树林的秘密。我从坐着的地方向小镇之外望去，那里该有一条小溪把我带到那个未知的神秘地方。我假想自己再次跟随小溪往前走，走过了所有记忆中的路，终于来到了那片树林。我匍匐钻进灌木，在那昏暗的地方看到了让我热血沸腾的东西，那一瞬间我想唱歌跳舞，几乎要飞翔起来。我已经变得和以前不同，这种感觉棒极了。可是我此刻所看到的并没有什么改变，也没有变老。

我一次又一次地惊讶于这一切是怎么发生的，保姆说的故事是否真实，因为白天万物的模样和晚上完全不同。我被吓坏了，以为就要被火刑烧死。我曾经把保姆说的一个鬼故事转述给父亲听，问他这一切是否是真的。父亲说这根本不是真的，只有庸俗无知的人才会相信这些鬼话。他因保姆对我说这些感到很恼火，便训斥了她。从那以后，我向保姆发誓不再把她告诉我的东西透露出去，如果我走漏一点风声，就甘愿被树林水塘里的黑蛇吃掉。

我独自一人坐在山坡上，思考着这些记忆的真实性。我看到了壮丽的景象，听过了那个故事。如果这一切都不是虚构的，我真的看到了黑色的树枝，看到明亮的光芒从巨大的圆形山丘上一直照耀到天空，那么接下来就有太多或可爱或可怕的东西要我回想了,我渴望着颤抖着,身上时冷时热。我朝小镇望去,它那么宁静,好像一幅白色的小画。

我想了又想,这一切是否是真的。我这人下决心要花很长时间,在没有打定主意时,一直有一种奇特的声音在我耳畔私语。但我知道这是根本不可能的,我清楚所有人和父亲一样,都会说这是地地道道的胡扯。我从未想过把自己的经历告诉父亲或是其他什么人,因为我知道这么做无济于事,只会招来无情的嘲笑和严厉的训斥,于是在很长一段时间里我都保持着沉默,独自回想和思考。

晚上我习惯于做各种奇异的噩梦,清晨醒来,就会张开手臂放声大哭。我害怕极了,如果那些故事都是真的,我就会有危险,就会遭遇可怕的事情,得时刻小心才是。这些故事总是日日夜夜地在我脑海里呈现,在保姆给我讲故事的地方散步时,我一遍又一遍地回忆这些故事。每次晚上坐在壁炉面前,我都会想象保姆坐在另一张椅子上,用低沉的声音讲那些神奇的故事。保姆最爱在远离家的野外讲故事,她说隔墙有耳,而故事都牵涉极其机密的事情。如果讲的故事属于绝顶机密,我们就会躲到灌木丛中去说。

我觉得这样做十分有趣:蹑手蹑脚地靠近树丛,趁人不注意时一下钻进灌木丛或树林,于是这些故事就都属于我们两个人的了,不会再有其他人能够分享我们的秘密。当我们这样藏起来时,保姆有时会给我展示各种各样稀奇古怪的东西。

我记得有一天，我们躲在一片榛树林中，往下可以俯视一条小溪。时值四月，天气很热，树枝上刚刚长出嫩叶。保姆说她要给我看一件能让我发笑的好玩东西，据说能够在没有人知晓的情况下，把一整幢房子颠倒过来。锅碗瓢盆都会因此跳起来，瓷器被摔得粉碎，椅子四脚朝天。一次我在厨房里试了试，结果发现非常成功，碗柜上的一整排盘子都砸了下来，厨师的工作台也倒了，而且正好倒在"她的面前"。保姆被吓坏了，脸色也变白了，从此以后我再也没有干过这种事，因为我是那么喜欢她。

后来在榛树林中，她又教我怎样发出敲击的震响，我也学会了。接着她教我在某些场合才能唱的歌，在另外一些场合要做的奇怪手势，还有在保姆还是个小姑娘时曾祖母教会她的那些东西。在那次散步时目睹了神秘景象后，我一直在想这些事情。我希望保姆也能在场可以请教，但她早在两年多以前就离开我了，没有人知道她后来怎么样了，或去了哪儿。

但即使我老了也不会忘记那些日子，在那段时期，我是那么的惊讶好奇。自问这一切都是真的吗？一会儿坚定不移，信心满满的；一会儿又惆怅彷徨，满腹狐疑的，如此周而复始。不过我一直非常小心，不去干那些危险的事情。我思考等待了很长时间，尽管一点也不理解发生的事，我也不敢去查问真相。可有一天，我终于相信保姆说的都是真的，发现这一点时只有我一个人，我既喜悦又恐惧，因而颤抖起来。

我以最快的速度跑进那片当初我们制作泥人的灌木丛，双手捂脸平躺在地上，整整两个小时一动不动，自言自语地说着一些令人战栗的话，一遍又一遍。一切都是那么的真实和辉煌，我回忆着那些故事和其实看到的东西，浑身上下忽热忽冷，周围空气中充满着鲜花的香气。我第一次想到也要做一个泥人，像是很久以前保姆做过的那样。为此我要做一个行动计划，事先把什么都考虑好，注意不被其他人发现我要做的事。

做好计划后，我把湿泥带进灌木丛里，模仿保姆做过的重复了一遍，但我的人像做得比她的完美。完工之后，我施行了所有能够想象到的仪式，因为这是一个更为完美的肖像。几天后，我早早做完了功课，又一次来到那条把我引向神秘之处的小溪旁。我顺着小溪走，穿过灌木丛和低垂的树枝，爬上布满荆棘林的山头，经过遍地荆棘的昏暗树林，走了很远很远。

接着我匍匐穿过一条枯竭小溪的水道，地面坎坷不平，我又来到山坡上生长的灌木林，叶子才刚刚发芽，一切还都像我上次来时那样黑压压一片。我顺着灌木慢慢爬上光秃秃的山头，穿行在那些奇特的石头堆里。我又一次看到了君临一切的"佛尔"，虽然天气晴朗，环形的山丘却依然黑乎乎的。连绵生长的树林阴森恐怖，奇形怪状的石头始终灰蒙蒙的。

我坐在巨大土墩的石头上往下看，它们围成一圈又一圈，我平静地看着它们围着我转起圈来。每一块石头都在原地起舞，它们旋风一般转着圈子，我好像身处所有星辰的中央，听它们在我身边呼啸而过。我走下去和它们一起跳舞唱歌，我穿过另外一片灌木，在那条山谷里清凉的小溪中喝水，让嘴唇轻触咕咕冒泡的水面，然后我继续前进，一直走到苔藓丛中那一眼深泉。

我向山谷的深处望了望，身后是那堵巨大的绿墙，周围到处是枝条低垂的树木，山谷幽僻沉静。我知道这里压根不会有人，也就没有人会看到我。于是我脱下袜子和皮靴，把脚伸进水里，说些只有自己懂的话。水一点儿也不凉，相反，它是那样温暖舒适，我的脚好像踩在丝绸上面，又好像水中仙女在亲吻我。之后，我又说了些其他的话，做了不少手势，接着用事先带来的毛巾把脚擦干，穿上袜子和皮靴。

我爬上高耸的墙，来到有着很多山洞的地方。这里有两个漂亮的土墩、圆形的山脉和奇形怪状的地形。这回我没有下到那个山洞里，而是转向那个终点方向，因为天又亮了些，我清晰地发现了自己的脚印。我记起了那个几乎快要被忘却了的故事，故事中的两个主人公叫亚当和夏娃，只有知道这个故事的人们才理解他们意味着什么。

我继续走到那片无法描述的神秘树林,从我发现的那条通道爬了进去。向前走了将近有一半路程时,我停下来,用有着黄色块的红丝绸手帕把眼睛紧紧蒙住,在确信自己什么都看不见才继续向前走。我一步一步慢慢地往前移走,心越跳越快,喉头涌起什么东西堵得我难受,差点叫出声来,但我紧闭嘴唇咬紧牙关,继续前进。我的头发碰到了粗大的树干,荆棘刺痛了我。走到路的尽头我停下,弓起腰用双手摸索了一遍,什么也没有;接着用双手又摸索了一遍,还是什么也没有;最后用双手再摸索了一遍,故事是真的,我多么想祈求余生尽快度过,尽早投入这永恒的幸福中去啊。

保姆一定是那种我们在《圣经》上读到过的先知。她所说的一切都得到了证实,从此她所作的预言也开始实现。这就是我认识到她的故事都是真的,并且没有用自己的大脑猜出这些秘密的全部过程。但那天还发生了另外一件事,我又去了那个神秘的地方。在那眼深泉旁边,站在苔藓上弯下身体看过之后,我终于知道小时候看到的那个从水里出来的白色女子是谁了。

我全身颤抖着,因为这提示让我明白了另外一些事情。我想起在树林里看到那两个白人后,保姆仔细地打听有关他们的情况,我再次把看到的都告诉了她。她听了,久久不说话,最后说:"你会再次见到她的。"我理解了过去发生的事,并且也知道即将发生什么。我理解了,我将如何在许多地方再次见到山林女神，她们会永远帮助我，而我也必须永远找寻她们，在各种各样的奇怪地形、山貌中发现她们的存在。没有山林女神的帮助，我不可能发现这些秘密；没有她们，另外的许多事情也不会发生。

很久以前保姆曾经说起过她们，但是用另外的名字称呼她们。那时我还不懂她的用意，或她的故事到底在说什么，只是感觉这一切太奇怪了。有两类山林女神，光明的和黑暗的，两者都很可爱。有些人只能见到这一类，有些人只能见到那一类，但有的人就能两者都见到。

一般来说，首先是黑暗的出现，光明的跟在后面，关于她们有许多奇异的故事。第一次真正看见山林女神后一两天，保姆就教我怎么呼唤她们。

我试了，当时不理解她的意思，以为这些都是荒唐的东西。现在我决心再试一次，于是我来到树林里的池塘边，我就是在这里见到那些白色人的。我再次试了一遍，黑暗女神阿拉娜降临了，把整片池塘都变成了火海……

三

"真是个奇特费解的故事，"科特格瑞夫把绿封皮的笔记本还给隐士昂布鲁斯时说，"我看了一下大意，但还有很多地方读不懂。譬如最后一页,她提到那些'山林女神'是什么意思?"

"嗯,我想整部手稿里有许多地方都提到了那些代代相传的特定'仪式'。其中有一些仪式已经开始为科学所研究和关注,或者倒不如说是还在起步阶段,从不同角度起步。我把这里对'山林女神'的提及视为理解这些仪式的一个线索。"

"你认为真的有这些东西?"

"是的,我是这么认为的。我相信可以向你提供关于那些事物的充足证据。恐怕你已经忽视了对炼金术的研究?真可惜,不管怎样,其中的象征是极其美丽的。而且一旦你熟悉这个领域的某些著作,我就能够让你回忆起某些词句,这些词句可以极好地帮你理解这部手稿。"

"好吧,可是我想知道你是否当真认为,这些幻象背后都有事实根据?难道这就不是一部诗稿,一个作者自己幻想出来的奇异梦境?"

"我只能说,对于大多数普通人而言,把这斥为一个梦是理所当然的。但如果你问及我的真实信念,我却根本不这么认为。不,比起信念这个词来,我更愿称其为知识。我可以告诉你我知道的一些例子,在那些例子里,有人在完全偶然的情况下接触到这些'仪式',并对其完全预料不到的结果大为震惊。我想在这些例子里,事先并没有什么人对他们施以暗示或潜意识影响。只有语法练习题做得苦不堪言的小学生才会向自己暗示,祈求神灵的帮助。"

"但你已经注意到手稿的含混晦涩,"昂布鲁斯继续说,"在这种情况下,作者一定是凭直觉写的,因为她从未想到过手稿会落入他人之手。这是很普通的道理,也很好理解。最有疗效的药物必然也是最烈性的毒药,它们通常是要被锁起来的。这孩子也许很偶然地找到了钥匙,被药毒死了。但很多情况下这么做是出于学科研究的需要,对于认真仔细地制造钥匙的人来说,玻璃瓶里是会藏有珍贵解药的。"

"你愿意详细解释一下吗?"

"不,坦率地说,我还不想,还是不说服你的好。但你是否发现这部手稿对我们上周所谈的话题是一种很好的阐释呢?"

"这个女孩还活着吗?"

"不,我是找到她的人之一。我和她父亲很熟,他是个律师,只关心契约和合同,常常放任女儿一个人生活。但有一天令人震惊的消息传到他那里,他的女儿在一个早晨失踪了。我猜想这事发生在她写完这部手稿大约一年之后。主人严厉地责问仆人们,仆人们用唯一自然的理由解释这件事——完全错误的理由。

"仆人在女孩房间发现了这本绿封皮的笔记本,而我在女孩带着恐惧描写过的地方找到了她,她躺在地上,面对着一座神像。"

"是一座神像?"

"是的,神像被荆棘和地下的植被掩盖了起来。那是一个孤寂而荒凉的野外，但你知道荒芜的野外在她笔下描绘的模样，尽管你一定认为是女孩美化了这一切。孩子的想象力往往使天空比真实的天空更高，深渊也比真实的深渊更深。对她来说，不幸的是，她有着更多超出想象的东西。有人也许会说，她所着力描写的东西，换作一个充满创造力的艺术家同样也可以想象得到。但那真是一个诡异、荒凉的地方。"

"她死了吗？"

"是的。她毒死了自己——十分及时。不，没有什么普通意义上的语言可以用来指责她。你是否还记得那天晚上我告诉你的那个故事，那个目睹自己孩子的手指被窗框压伤的女士？"

"那个神像是什么样子的？"

"哦，是一种出自罗马神话的手工艺品，那块石头经过几个世纪还没有被染黑，相反变得洁白透明。生长在周围的灌木把它掩盖住了，只有中世纪里某个古老教派的传人才知道怎么使用它。实际上，现在这个神像已经发展成为那个可怕的巫妖狂欢日的神话传说中的一部分了。你可能已经注意到，有些人在偶然或貌似偶然的情况下见到雪白的颜色后，下一次就会被要求蒙上眼睛，而这非常重要。"

"那块石头还在那里吗？"

"我们用工具把它砸成碎片和粉末了。"

"我对宗教传统顽强的生命力并不感到吃惊，"昂布鲁斯停顿了一会儿后继续说,"我可以说出许多英国教区的名字,在那里类似这女孩小时候接受过的教派传统还在秘密而蓬勃地开展着。不,对我来说,是这故事本身而非其结局显得奇异而令人敬畏,因为我始终认为,心灵就是个奇迹。"

神秘图案

一

"你说你忧心忡忡?"

"是的,心神不宁。三年前见到你时,你给我提过西部那个古树环抱的居所,还有那个坑坑洼洼的荒山秃岭,还记得吧?现在,我身处伦敦闹市,坐在书桌前,听着街上来往车辆的喧闹声,心头总是浮现出一片鬼魅的景象来。先说说你是什么时候来的?"

"代森,事实上我刚下火车。今天一大早起床后,我赶上了十点四十五分的火车。"伏恩说。

"很高兴你能来看我。自我俩上次见面后,你过得怎么样?我猜想,不会多一个伏恩夫人出来吧?"

"没有,"伏恩说,"我可真成了个隐士了,跟你差不多,除了闲荡之外,我无所事事。"

伏恩点上烟斗,坐到扶手椅中,烦躁不安地看着代森,两眼一片茫然。伏恩一进门,代森便从椅子上转过身来。伏恩在他对面坐下来,一手靠在书桌上,轻抚着那堆书稿。

"还在忙你的老本行?"伏恩边说,边指着那堆纸张和数不胜数的分类卡片。

"是的,白忙活呀。追求文学就像追求炼金术一样,总是费心劳神,一无所获,却又被迷得不行。我想,你会在城里待上一段时间吧,今晚我们做些什么呢?"代森问道。

"待不了多久的。我倒希望你跟我去西部的乡下待上些时日。我敢保证,你会大有所获。"伏恩鼓动说。

"听起来不错,伏恩。但要我在九月份离开伦敦可不是那么容易的。在我看来,你那地方再好,也比不上牛津街的精彩和神秘。傍晚时分,落日余晖未尽,薄雾影影绰绰,简直把这条普通的街道变成了遥远天国之城中的道路。"

"不过,我还是希望你到乡下去。漫步山峦,你会感到乐趣无穷。这里,整日整夜不就是这样的灯红酒绿吗?让我心浮气躁,我不知道你是怎么能静下心来。我保证，你定会陶醉于我林中老宅无可比拟的祥和与宁静之中。"

伏恩重新点燃烟斗，期待地看着代森，看看自己是否能诱惑成功。但是，代森微笑着摇摇头，一副不能撼动地效忠于闹市的模样。

"你诱惑不了我。"他说。

"好吧，或许你是对的，在繁华喧闹的伦敦是不该谈起乡村的祥和与宁静。不过，我们乡下发生了一起悲惨的事情，就像石子被扔进了池塘，层层涟漪扩散开去，水面再也难以平静。"

"你经历过悲惨的事情？"代森问。

"这个倒不好说。但是，一个月前发生的事真的令我寝食难安，这件事可以说是个悲剧，也可以说不是。"

"什么事？"

"是这样，有个女孩神秘失踪了。特瑞福夫妇是富裕的庄户人，他们的大女儿安妮是村里的一朵花，长得非常标致。有天下午，她想去看姑妈。她姑妈是个寡妇，自己种着一块地，两家相隔五六里地。安妮出门时，告诉父母她会翻山走捷径。结果她既没有到姑妈家，也没有人再见到她。简而言之，就是这么回事。"

"真是令人震惊！山里不会有废弃的矿井吧？我想，你不会说是发生诸如坠崖之类可怕的事吧？"

"不会。女孩走的这条路，虽然处在荒郊野岭，几里地都见不到个鬼影，但从没有听说过出事，绝对安全。"伏恩说。

"别人怎么说？"

"哦，全是废话。你想象不出跟我一样窝居偏僻之地的英格兰佃农有多迷信。他们跟爱尔兰人一个样，甚至还有点神秘兮兮的。"

"都说些什么？"

"噢,说是这个可怜的女孩'跟小精灵走了'，或'让小精灵带走了'。差不多都是这些话吧！"他接着又说，"这件事如果不是悲剧，这些话也够让人笑掉大牙的。"

"是的，"代森说，"当今年代，'小精灵'的说法听起来确实可笑。警察怎么说？我想他们不会接受小精灵这种传说吧？"

"当然不会，不过他们也搞不清楚。我担心，安妮·特瑞福肯定是在路上撞上歹徒什么的了。古堡有个很大的海港，你知道，外国水手中一些不良之徒有时候会上岸，窜到乡下来。几年前，有个叫戈西亚的西班牙水手，为抢劫仅值六个便士的财物就谋害了整整一家人。他们简直不是人，恐怕这个可怜的女孩也栽倒在这伙人手里了。"伏恩说。

"当时乡下没有人见到外国水手吗？"

"没有。只要有人长相和穿着稍微与当地人不同，乡下人立刻就会注意到，所以还是我讲的那个传说才是唯一可能的解释。"

"没有其他线索可查,"代森若有所思地说道,"我猜想,会不会是桃色事件或诸如此类的事情呢?"

"哦,不会,没有这方面的蛛丝马迹。我敢说,如果安妮还活着,她早设法通知她母亲了。"

"没错。还有另外一种可能,她还活着,但没法联络到朋友。你是不是在为这事寝食难安呢?"

"是的,确实是这事儿,我讨厌神秘之说。明明是恐惧,为什么非要把事情说得神神秘秘的呢?坦白地说,代森,我想把事情弄清楚,我来这儿不仅仅是为了告诉你。"

"当然不是。"代森说道,伏恩的不安令他吃惊,"你来是要跟我聊一些快乐点的话题吧。"

"不是。大约一个月前发生的事我告诉你了,但几天前发生的事,似乎对我本人的影响更大。说白了,我进城来是希望你能帮我一把。你还记得上次见面时,你跟我讲的稀奇古怪的事吧,关于那个眼镜制造商?"

"啊,是的,我想起来了。我一直为当时的聪明骄傲呢,甚至到今天,警察还想不明白为什么要找到那副奇特的黄色眼镜。不过,伏恩,你看上去心神不安,我希望不是有什么严重的事吧?"

"不是的,我想我是言过其实了,也许你能打消我的困惑。然而,有些事情真的非常古怪。"

"又是什么事？"

"你肯定会笑话我的，不过我还是要告诉你。你还记得吧，我那块地的右边有条小路，准确一点说，这条路就在菜园的围墙外。很少有人会走这条路，偶尔樵夫会路过一下，再就是五六个孩子上学时走过，一天也就两次。但几天前，我早晨散步到这个地方，走到菜园子门口，停下来装烟斗。围墙离林子咫尺之遥，我走的这条小路树荫很重，微风吹来，浑身舒畅。我站在那儿抽着烟斗，低头往地上一瞥，这时，有些东西吸引了我。就在围墙下的草地上，整齐地排列着几颗打火石，就像这样。"伏恩先生抓起铅笔，在一张纸上点了几点。

"你看，"他继续说道，"就是这个样子。我想应该是十二颗打火石整齐地排成行，上下等距，就像我在纸上画的一样。那些石头都带着尖角，是有人非常精心地将石头上的尖角指向同一个方向。"

"是吗？"代森乏味地说，"毫无疑问是你提到的孩子们在放学回家时玩的小把戏。你知道，孩子非常喜欢用牡蛎壳、打火石、花朵或路上随便能找到的什么东西摆些奇怪的图案出来。"

"我也是这么想的。我只注意到这些打火石以某种方式排列，然后就走开了。第二天早晨，我沿原路散步，事实上，这是我的一个老习惯，我在同一个地方又看到了打火石排成的一个图案。这一次，真是排得很奇怪，有点像轮辐，围着一个共同的中心，而这个中心的图案看上去像只碗。你要知道，所有这一切全是由打火石排成的。"

"你是对的，"代森说，"看来确实有古怪。不过，说是那几个小学生用石头堆砌起这些梦幻图案，还是解释得通的。"

"我想，我会解开这个谜的。孩子们每天傍晚五点半经过大门，我便在六点钟走过去，发现图案还是早晨我离开时的样子。第二天早上，约六点四十五分，我一起床便去看，发现图案已经变了，青草地上的打火石被排成了一个金字塔。一个半小时后，我看到孩子们走过这个地方，他们径直往前跑，根本没有心思左顾右盼。傍晚，我看着他们回家。今天早上，我六点钟去大门那儿，看到的是一个半月形图案。"

"这一连串图案是按这样一个顺序变化的：先是整整齐齐的行，然后是轮辐和碗形图案，接着是金字塔，最后，今天早晨是半月形图案。顺序就是这样，对不对？"代森总结道。

"是的，一点没错。但是，这令我很不安，你知道吗？说起来有点滑稽可笑，我却禁不住想，这是对我发出的某种信号，我怕是不祥之兆。"

"你到底在害怕什么？不会是仇家找上门吧？"

"不会。不过，我家里有一套非常值钱的老式餐具。"

"那么，你估计是盗贼干的？"代森饶有兴趣地问，"你得了解清楚你的邻居，他们中有什么可疑的人没有？"

"这个我倒不清楚。你还记得我跟你讲过的水手吧。"

"你的佣人靠得住吗？"

"啊，完全靠得住。餐具存放在保险柜中，男管家是我们家的老佣人，只有他知道钥匙放在哪儿，这倒没有什么问题。当然，人人都知道我家有许多古老的银器，乡下的人忙里偷闲免不了要讨论一番。如此这般，消息就传开了。"

"是啊，但我寻思，你这个窃贼之说还是有一些破绽。谁向谁发信号呢？我难以接受这种解释。是什么让你想起来把餐具同这些权且称之为打火石信号的东西联系起来的？"

"是碗状图案。"伏恩答道，"我正好有一只巨大的查尔斯二世时期的宾治盅，价值连城。盅面雕镂精致，仅这一点就值很多钱。我给你描述的图案和我那只宾治盅上的图案一模一样。"

"的确是奇怪的巧合，但其他图形或图案呢？你不会有金字塔形的器皿吧？"

"啊，说起这个，你会觉得更加奇怪。正巧，我这个盅配有一套稀有的旧式木勺，是用金字塔形的桃花心木盒装着的。盒子的顶是尖的，底呈四方形。"

"我承认，所有这一切让我兴趣盎然。"代森说，"接着说，其他图形是什么意思？怎么看军队？第一种图案我们就这么称呼吧。还有新月或者说是半月呢？"

"啊，这两种图案我还讲不出个所以然来。你看，不管怎样，我还给自己的好奇心找些托辞。失去这套老式餐具中的任何一件都会令我痛心，这套餐具我们家相传好几代了。我不得不去想会有一帮无赖准备抢劫，每天晚上相互之间以费解的图案进行联络。"

"老实说，"代森说道，"我根本搞不清究竟是怎么回事，我和你一样也茫然无措。你的说法可能是唯一的解释，但还是破绽百出，难以自圆。"

伏恩向后靠到椅子背上，两个人面对面地坐着，眉头紧锁。如此奇异的问题让他们困惑不解。

"对了，顺便问一下，"沉默半晌后代森问道，"你们那儿的地质情况如何？"

伏恩先生满脸惊讶地抬起头来。

"我想，是古老的红色沙岩和石灰石。"他答道，"我们正好处于煤层之外。"

"那么，沙岩或石灰石中肯定没有打火石了？"

"没有，我在野外从未见过打火石。这确实让我好奇。"

"我也这样认为！这一点非常重要。顺便问一下，排列图案用的打火石有多大？"

"我正好带着一颗,今天早上刚拿的。"

"从半月形图案中拿的?"

"正是,你看吧。"

他递上一小块打火石,石头带着一个尖尖的角,约三英寸长。

代森从伏恩手上接过石头,脸上顿时显出激动的神情。

"的确如此,"隔了片刻,他才说道,"你有些古怪的邻居,简直难以想象他们能够拼列出你那只宾治盅上的图案来。这是远古时代用打火石做成的箭头,不仅如此,而且这种箭头是独一无二的,你知道吗?我在世界各地见过各种不同的箭头,唯有这种箭头的特点最为奇特。"

代森放下烟斗,从抽屉里拿出一本书。

"我们正好可以赶上五点四十五分去古堡镇的火车。"伏恩说。

二

代森先生深吸进一口山间的清凉空气,沉浸在这里的美景之中。此时,天刚破晓,他正站在房子正面的阳台上。房子是伏恩的先祖建造的,建在大山稍低处的斜坡上,茂密的原始森林将房子的三面团团围住。房子的正面正对着西南方向,放眼望去,平地渐渐延展,镶嵌在山谷中,一条小溪蜿蜒曲折,流淌在神秘的山体之间。顺着溪流的方向,暗暗发亮的桤木林映入眼帘。

装有顶篷遮盖的阳台上没有一丝风,远处的树木静默无声。代森能听到远处清澈的溪水流过石头时发出悦耳的潺潺声,还有溪水注入深潭时低沉的哗哗声。房子下面的小溪上跨着一座中世纪时期的灰色扶壁拱形石桥,桥另一边的山体再度高耸起来。山体巨大,呈圆形,仿佛堡垒一般,山上到处覆盖着密不透光的树林和低矮的灌木丛。山顶上却没有一棵树木,只有灰色的草皮和补丁般缀在上面的块块欧洲蕨,枯萎的叶片斑驳陆离,泛着金黄色。

代森朝南北两个方向眺望,满眼全是山体和原始森林,还有出没其间的溪流。灰暗的天空下,晨雾缭绕,一切都是暗淡朦胧的,衬托出一片静谧、鬼魅的气氛。

伏恩先生的声音打破了沉寂。

"旅途劳累,我还以为你不会起得这么早,"他说,"我知道你正在欣赏风景,美景可餐,不是吗?我猜想,我的祖先麦瑞科·伏恩建造这所房子时大约也考虑到了风景的因素。真是个古怪的灰色老宅,不是吗?"

"是的,它和周围的环境非常般配,同灰色的山体和灰色的石桥简直融为一体。"

"代森,恐怕我会让你觉得受骗了,"伏恩说着,俩人一齐走下阳台,"我已去过那个地方,但今天早上没有发现任何信号。"

"噢，真的？那我们随便走走吧。"

他们走过草坪，沿冬青树丛中的一条小路走到房后。伏恩指着前面的路告诉代森，从这条路往下走就是山谷，往上走穿过森林就是山顶。他们站着的地方正好在菜园围墙的大门旁。

"你看，就是这里！"伏恩边说边指着草地上的一块地方，"那天早晨我就是在你站着的地方第一次看到那些打火石。"

"是的，就是这样。那天早晨是军队，我权且这么说吧，然后是碗、金字塔，昨天是半月。多么奇怪的古老石头啊。"他用手指着从围墙底部凸出草地的一大块石灰石继续说道，"这块石头看上去像根矮柱，我想它是天然的。"

"是的，我也这么认为。但是，在我想象当中是有人把它带来的，因为我们脚下是红色的沙岩。可以肯定，这块石头是某幢老式建筑的基石。"

"非常有可能。"代森仔细地审视着，从地面到围墙，从围墙到仿佛挂在菜园上空的茂密森林。森林密不透光，虽然已是上午，这个地方仍然一片昏暗。

"看这里，"代森最后说道，"这次肯定是孩子们干的事了。看那个。"

他弯下腰，目不转睛地盯着围墙上一处暗红色的砖面。伏恩走上前去，瞪大眼睛看着代森用手指着的地方，反复仔细地查看才看清一个深红色的模糊标记。

"那是什么?"伏恩问,"我一点都不明白。"

"稍微再凑近一点细看。难道你看不出来有人试图在墙上画人的眼睛吗?"

"啊,现在看明白了,我的视力不怎么好。是的,确实是眼睛,你说的一点没错。我想是孩子们在学校里学画画了。"伏恩抱歉地说。

"不过,这只眼睛很奇怪,呈奇特的杏仁状,活脱脱是一只蒙古人的眼睛,你注意到了吗?"

代森苦思冥想地看着这个蹩脚画家的作品,又重新审视起这堵围墙,然后跪到地上,仔细研究起来。

代森最后说:"我很想知道孩子怎么会在这么一个偏僻的地方突发奇想地画蒙古人的眼睛呢?你知道,一般孩子对事物的印象都既简单又清晰。画了一个圈,或者说是像个圈的东西,然后在中心画了个点,这就是眼睛。我认为,没有哪个孩子会想象眼睛真的是这样的,这不过就是一种幼稚的画画手法。但这只杏仁状的眼睛实在让人费解,或许是看到杂货店里出售的茶壶上画有镀金的蒙古人形象,从而受到启发?但还是不太靠谱。"

"你为什么这么肯定是孩子画的呢?"伏恩追问。

"为什么!你看看高度吧。这些老式砖块的厚度连两英寸都不到,从地面到图画位置是二十块砖的距离,也就是三英尺半的高度。现在想象你在围墙上作画。如果你手上拿着铅笔,你的作画位置应该和自己的眼睛是平行的,离地足有五英尺高。因此,很简单地就能推断出墙上的眼睛是十岁左右的孩子画的。"

"嗯,我没想到这一点。当然,肯定是其中某个孩子画的。"伏恩说。

"我想是的。还有,正如我所说,这两条线还有眼球,你看,是椭圆形的,没有一点孩子气,真令人费解。在我看来,这件事被蒙上了一层古怪的远古色彩,这只眼睛可不那么让人愉快。我禁不住想,要是看到出自同一人画出来的整张脸,心情也不会愉悦的。不过,我说的是废话,毕竟,我们不用调查得太过离谱。打火石的连串图案就此中止,真是奇怪!"

两个人朝房子走去,走到门廊时,灰蒙蒙的天空裂开一条缝,一缕阳光照射到眼前的灰暗山体上。

代森一整天都在房子周围的田野和森林里巡游,这些弄不清楚的琐碎细节让他陷入无边的困惑之中。他从口袋里掏出打火石箭头,翻来覆去仔细地检查。这种箭头同他以前在博物馆和私人收藏品中看到的截然不同,形状就不一样,箭头的边上还有一溜刺穿的小洞,显然是用来系装饰物的。

代森想,在如此偏僻的地方,谁会有这种东西呢?拥有打火石的人中，谁会将它们放到伏恩家菜园的围墙下，摆成毫无意义的图形呢？整件事情荒唐透顶，他苦思冥想，脑海里闪现过一个又一个推测，然后又一个一个地推翻，他一度真想搭下一班火车回到城里去。

他看了伏恩收藏的银器餐具，仔细地查验过宾治盅和伏恩的其他稀世藏品。从他亲眼所见的和从男管家处亲耳所听的一切，让他确信无须再询问保险柜是否会遭到偷盗的事。装宾治盅的盒子是用厚实的桃花心木制成的，盒子制成的日期显然是在世纪之初，外形很容易让人联想到金字塔。

整件事从开始起，代森就显得无处下手，但理智让他相信，入室行窃之说是不可行的。他绞尽脑汁，试图寻思一个能令人满意的解释。他问伏恩，附近是否有吉卜赛人。因为他知道吉卜赛人有个习惯，在行进的道路上，总会留下一些奇特的象形文字。伏恩告诉他，好多年都没有见过吉卜赛人了。

这个想法刚出现，他还得意洋洋了一阵，期待地仰头看着伏恩，没想到伏恩的回答完全推翻了他的猜测。他愤愤然地往后一仰，十分沮丧地靠到了椅子背上。

"奇怪得很，"伏恩说，"吉卜赛人从未给我们惹过麻烦。农夫们时常会在山间最荒僻的地方发现生火的痕迹，但没有人知道火是被谁点燃的。"

"肯定是吉卜赛人吧？"

"不是，他们不会在那些地方生火。白铁匠、吉卜赛人和流浪汉等都是沿路活动的，绝不会远离农舍到那些偏僻的地方。"

"我可真就理不出个头绪了。今天下午我看到孩子们经过，和你说的一样，他们径直走了过去。除了我们，根本没有人看过围墙一眼。"

"是的。我必须抽出一天来搞一次伏击，看看谁是作画者。"

第二天早晨，伏恩像往常一样沿着原来的路线散步，从草坪走到屋后，发现代森正在菜园门口等他，显得非常激动，不停地向他招手，拼命比画着手势。

"什么？"伏恩问道，"又是打火石？"

"不是。快看这儿，墙上，这儿，你没看见吗？"

"另一只眼睛！"

"是的。你看，画得离第一只很近，几乎处于同一高度，只稍稍低了一点。"

"怎么解释呢？不可能是孩子们画的。昨晚还没有，再过一个小时他们才会经过。这是什么意思呢？"

"我想，所有这一切追根溯源是恶魔作祟。"代森说，"这些画在墙上恶魔般的杏眼能起到和用箭头排成的图案相同的作用，我得出一个这样的结论，不会有人反对吧。这个结论将把我们引向何方，我说不出来，但就我而言，我得好好地反省一下自己的想象力，否则就全乱套了。"

"伏恩，"俩人转身离开围墙时，代森又说道，"你有没有发现，打火石图案和画在墙上的眼睛之间存在一个共同点，一个非常奇怪的共同点？"

"是什么？"伏恩问道，脸上隐隐地露出一丝恐惧。

"是这个。我们知道，军队、碗、金字塔和半月这些信号必定是在夜里被摆设的。推测一下，它们在夜里肯定能被某些东西看到。同样，墙上的眼睛也是如此。"

"我不太明白你说的意思。"

"啊，当然。这些天里，夜里都是漆黑一片，我知道。自从我来这里，天空一直是厚云密布。更为甚者，既使在晴朗的夜晚，山上的那些树木也会给围墙投入一片重重的阴影。"

"然后呢？"

"就是这一点令我茅塞顿开，豁然开朗。这需要多么敏锐的眼光啊，他们，不管'他们'是谁，肯定能够在伸手不见五指的漆黑夜晚以错综复杂的顺序排列箭头，又毫无差错地在墙上画出眼睛。"

"我在书上读过，囚禁在地牢里多年的人能在黑暗中看清东西。"伏恩说道。

"是的。"代森说,"书上有过记载,但那是特例。"

三

"刚才向你行礼的那个老头是谁?"他们走到房子边小路的拐弯处时,代森问道。

"哦,是特瑞福老头子。他看上去病得不轻,可怜的老头。"

"特瑞福是谁?"

"你不记得了?我去你住处的那天下午给你讲过一个故事,有关一个叫安妮·特瑞福的女孩子的故事,约在五周前,她神秘地失踪了。这个人就是她的父亲。"

"是的,是的,我想起来了。说实话,我把这事儿忘得一干二净。没有一点这个女孩的消息吗?"

"没有,就连警察也不知所措。"

"恐怕我没有十分注意你讲的细节。女孩是朝哪个方向走的?"

"她走的那条路正好经过她家,从这儿到那条路最近也要两英里。"

"在我昨天看到的小村庄附近吗?"

"你指的是科瑞塞利格,那些孩子们住的村庄吗?不,还要往北。"

"啊,我还没有到过那儿。"

他们走进屋子。代森把自己关在房间里,陷入深深的思虑之中。

他心中一直存有怀疑,这个怀疑说不清,也道不明,更让他迟疑不决。他坐到开着的窗户前,眺望窗外的山谷,看到了迂回曲折的溪流、灰色的石桥和远处耸立的巨大山躯,仿佛是一幅画。一切都是静止的,没有一丝风吹过悬在空中的神秘森林,山顶的欧洲蕨懒懒地晒着夕阳。半山腰上,溪流中蒸腾起一层洁白的薄雾。

夜幕渐渐降临,巨大城堡般的山体隐约可见,森林也昏暗起来,更显阴郁。坐在窗户边的代森在幻想中等待夜晚降临,连伏恩说些什么也没听见。他拿着蜡烛离开大厅时,迟疑了片刻,随后向他的朋友道了声晚安。

"我需要好好休息一下。"他说,"明天有些事情要做。"

"你是说,写东西?"

"不是。我打算去找碗。"

"碗!如果你指的是我的宾治盅,我可以告诉你,它在锦盒里完好无损。"

"我说的不是宾治盅,相信我,你的餐具从未受到过威胁。不,我不会拿任何假定来扰乱你。我们可能很快就会撞上比我假定的还要激烈的遭遇。晚安,伏恩。"

第二天早晨,代森吃过早饭就出发了。他走到菜园围墙下的小路上,发现砖面上淡淡地画有八只奇怪的杏眼。

"还有六天。"他自言自语道。

他仔细地琢磨了一遍自己的推测,感觉信心满满,然而,这个令人匪夷所思的奇想还是令他忧心忡忡。他踏着森林的浓荫,走到一片光秃秃的山坡上。他顺着光滑的山坡越爬越高,沿着伏恩指点的那条路一路向北走去。

越往上走,他越有一种超脱尘世的感觉。他朝右边向下看,在一片果园的边缘上,一柱淡淡的蓝烟袅袅升起。那里是一个小村庄,去上学的孩子们就住在那儿。那里也是唯一能看到有生命存在的地方。伏恩那幢灰暗的老宅早已淹没在丛林深处,一点儿踪影也没有。

他来到山顶,平生第一次体会到一种与世隔绝的孤独感和对这片土地的陌生感。这里,能看到的只有灰暗的天空、灰色的群山、绵延无尽的大平原,还有远处隐约可见的黛色山巅。

他走上一条小路。这是一条很难被发现的小路,从位置和伏恩说的情况判断,失踪女孩安妮·特瑞福走的应该就是这条小路。他一路走去,来到一座光秃秃的山包上,只见一块巨大的石灰岩裸露在草地之上,形状狰狞,阴森恐怖,仿佛凶神恶煞般令人望而却步。

突然,他停下脚步,找到了自己要找的东西,但还是大吃一惊。眼前,一圈圆圆的地面陡然凹陷下去。代森低头看去,这个圆形凹坑四壁是凹凸不平的石灰岩峭壁,仿若古罗马剧场的残垣断壁。代森绕着洞口走了一圈，记住了岩石的位置，然后急匆匆赶回住地。

"这件事实在是太离奇了。现在碗找到了，但金字塔在哪里呢？"他暗暗自问。

"亲爱的伏恩，"一回到家里，他就叫住伏恩，"我告诉你，我找到碗了。到目前为止，我只能跟你说这么多。我们还有整整六天的时间，在这几天里我们会平安无事，绝不会发生什么意外。"

四

"我刚到菜园里转了一圈，"一天早上伏恩说道，"我数了数那些奇怪的眼睛，一共是十四只。看在上帝的份上，代森，告诉我这一切到底是什么意思？"

"很抱歉，我不能告诉你。这几天我一直猜东猜西，反复思考推测，但始终有一个原则，就是不能把我的猜想告诉别人。再说，这也不是什么值得期待的好事。我对你说过，我们还有六天的时间，还记得吗？现在，是第六天了。今天夜里，我建议咱们出门走一遭。"

"走一遭！你的意思是说我们要采取行动？"

"对，你会看到一些非常离奇古怪又不可思议的事情。老实说，我希望你跟我一起在晚上九点钟出发，到山里去。我们得一整夜待在山里，因此，你最好准备行装，再带上一点白兰地。"

"不是开玩笑吧？"伏恩问道。他被一连串奇怪的要求和猜测搞得稀里糊涂。

"不是，我没有一点开玩笑的意思。只有这样，我们才能解开谜题，揭示谜底。你会跟我一起去的，是吗？"

"好极了。走哪条路？"

"你跟我说过的那条小路，安妮·特瑞福走的那条路。"

一听到这个女孩的名字，伏恩顿时脸色发白。

"我没想到你会走那条小路，"他说，"我原以为你要去查明打火石图案和墙上的眼睛呢。多说无益，我跟你去。"

晚上九点一刻，两人出发了。他们穿过森林，爬上山坡。天空浓云密布，四周漆黑一团，山谷中没有一点雾气。一路上，他们仿佛走进了森冷的阴曹地府，连话都不敢说，唯恐打破这死一般的寂静。

他们来到陡峭的山坡上。这里没有树林，只有大片的草皮。高处是一些奇形怪状的石灰岩，在夜色中给人以恐怖阴森的感觉。风呼啸着从山的方向朝大海刮去，吹到身上，令人不知不觉从心底生出一股颤抖的寒意。

他们走呀走呀，几个小时过去了。这座山的昏暗轮廓还在向前延伸，那些野兽般蹲伏着的岩石在夜色中若隐若现。突然，代森嘘了一声，呼吸急促起来，他走近同伴。

"就在这里,"他说,"我们躺下来吧。我想,事情还没有发生呢。"

"我知道这个地方。"伏恩过了一会儿说道,"白天我常到这儿来。乡下人不敢来这儿,我敢说,传说这里是小精灵之类的城堡。我们在这儿干什么呢?"

"小声点。"代森说,"如果让人听到,就万劫不复喽。"

"这儿不会有人听到!三里以内连个鬼影都没有。"

"可能没有。事实上,我该说肯定没有。但是,说不准附近会有尸体什么的。"

"你说得我晕头转向。"伏恩小声地附和着代森,"但我们为什么要来这里?"

"好了,你看,我们面前的凹坑就是那个碗。我觉得现在最好一声不吭,静默等待。"

他们趴在草皮上,在岩石间探头朝凹坑里张望。代森不时地将他那顶黑色软帽拉下额头,挡住眼光,不一会儿又退缩回来,不敢多看。他侧头用耳朵紧贴地面倾听着。

时间一小时一小时地过去。夜色愈加浓重,他们的耳畔只有轻微的风声。

如此沉重的宁静,守着如此不确定的恐惧,伏恩显得越来越不耐烦。对他而言,心里根本就一无所知。他开始想,这次守夜纯粹是一场自找的闹剧。

"要等多久?"他小声地问代森。

代森凝神屏息,把嘴凑到伏恩耳边说:"你听听,好吗?"

代森每说一个字都要停顿一下,语气就像牧师布道般威严。

伏恩趴在地上,伸长脖子,耳朵紧贴地面,不知道自己能听到些什么。起先,什么声音都没有,接着,从凹坑里缓缓地传出一阵轻柔的声音。声音微弱得不可名状,仿佛一个人出气时舌头抵着上腭似的。他紧张地倾听着,声音越来越大,变成刺耳恐怖的嘶嘶声,好像下面的凹坑被煮沸了似的。

伏恩学着代森的样子,急匆匆地拉下帽子遮住半边脸,朝下面的洞穴里张望。

洞内确实如地狱里一口沸腾的大锅。洞的四壁和底部,到处都是跳跳蹦蹦的生物。它们没有一刻是闲着的,来来往往地穿梭不停,却没有一点脚步声。它们一群群挤作一团,相互之间交头接耳,发出恐怖的嘶嘶声,就像他们所听到过的蛇的嘶嘶声。

这群不知名的生物就像是在清新的草皮和洁净的大地上突然间长出的污秽之物。伏恩被吓傻了,竟然没有缩回脑袋。他感觉到代森在用手指触碰他,但他还是注视着这一群炸开锅似的东西,隐隐约约像是人的脸和四肢。他目瞪口呆,不知所措,但坚信这群摇摇晃晃、发着光亮的洞主绝非人类的同类。

他近乎崩溃,恐惧得差点哭出声来。最后,这些讨厌的生物聚集到洞穴的中间,将一个说不清是什么的物体团团围住,发出的嘶嘶声也越显恶毒。在时明时暗的光亮中,他看到了那些恶心的肢状东西,但说不清是什么,肢状物纠缠在一起上下翻腾。

在这群不是人类的生物所发出的嘈杂声中,他相信自己听到有一个人正在有气无力地低声呻吟着。他的内心深处,似乎有个细微的声音在说:"堕落的蠕虫,不会死的蠕虫。"他的脑海里荒诞地想象出一幅图像:长相恐怖、通体膨胀的爬虫在腐烂的垃圾堆中涌动。黑黝黝的肢状物翻腾着,似乎簇拥在洞穴中央的一个黑乎乎的东西上。伏恩的额头汗如雨下,不停地滴到冰凉的手上。

接着,事情突然间结束了。这一大群可恶的东西一下子散到凹坑的四壁,消失得无影无踪。过了一会儿,伏恩看到洞穴的中央有一个人的手臂在摇晃着。

接着是一个女人痛苦而凄厉的尖叫声,同时,火花冒出,点燃火把,一个巨大的金字塔形的火焰像郁积多时的喷泉一样喷射出熊熊火光,照亮了整座山峰。伏恩顿时看清了下面的那些东西,它们长着人的形状,但个子矮小,就像得了侏儒症的孩子。它们的脸上长着杏仁一样的眼睛,透着邪恶的欲念。它们赤裸的肉体是黄色的,黄得令人恶心。接着,仿佛变魔术一般，一下子又空无一物。烈火仍在劈啪作响地熊熊燃烧着，火焰照亮洞穴的上空，照到了洞外。

"你看到金字塔了，"代森在他的耳旁说道，"火焰金字塔。"

五

"你认出这个东西了？"代森问道。

"当然。这是安妮·特瑞福的胸针，她常在礼拜天戴，我记得这个式样。你是从哪里找到的？你不会说你已经找到这个女孩子了吧？"

"亲爱的伏恩，我没想到你竟猜不到我是在哪里发现这枚胸针的。你不会把昨晚的事情给忘记了吧？"

"代森，"伏恩非常严肃地答道，"今天早晨你出门之后，我反复考虑过。我回忆了自己所看到的一切，唯一能得出的结论是，这件事不堪回首。人活着，敬畏的只是上帝。我亦如此，活得既清醒又诚实，我所能做的只是相信自己产生了恐怖的错觉。你知道，我们沉默不语地回到家里，对我幻想中所看到的东西，我们俩都只字不提。我们最好对这件事保持沉默，好吗？在祥和宁静中踏着晨曦散步时，我觉得世界是那么美好。经过围墙时，我注意到再没有信号刻到上面，我把原来的信号都给擦掉了。神秘之事已经结束，我们应该平静地生活了，你说是吗？过去几周里，我想是中邪了，几乎濒于发疯的边缘。可现在，我神智清醒着呢。"

伏恩先生充满感情的言辞，确实真挚感人，他从椅子上前倾身子，乞求地看着代森。

"我亲爱的伏恩，"代森停顿片刻才说，"这有什么用呢？你说得太晚了，咱们已经陷得太深。你知道，和你一样，我也真心地希望这是一个错觉，事实是，你我都没有产生错觉。为了能让自己安心，我必须把到目前为止所知道的全部故事讲给你听。"

"好极了。"伏恩叹了口气，说道，"如果你觉得必要，就说吧。"

"那么，"代森说，"如果你不介意，我们就从结尾讲起。你刚才确认的这枚胸针是我在凹坑那个地方找到的。那儿有一堆灰白色的灰烬，好像火烧过一样。事实上，灰烬还是热的，这枚胸针就在地上，就在火堆旁边，它肯定是从戴着的人身上不小心掉下来的。不要打断我，结尾已经有了，现在，我们可以从头讲起，让我们回到你来伦敦看望我的那天。"

"我清楚记得，你刚进门就反常地提起你们乡下发生了一件不幸的事件，一个叫安妮·特瑞福的女孩在去亲戚家时失踪了。老实说，对此我一点都不感兴趣。一个人，尤其是一个女人，突然在他们的亲戚和朋友圈中消失，理由实在太多，随便找一种理由就能解释得通。我猜想，如果咨询警察的话，那么就会发现，在伦敦，每周都会有人神秘地失踪。毫无疑问，警察只会耸耸肩膀，告诉你这是正常现象，没有人失踪才不正常呢。

"另外，故事令我心不在焉，还有一个理由，那就是你讲的故事漏洞百出。你只说起到处犯事的流氓水手，我随即否定了这个解释。理由有很多，但主要原因是，他们不是惯犯，很容易就能被抓到，特别是选择在你们乡下作案的话。你还记得你提到的戈西亚吧，他谋杀之后第二天窜到火车站，裤子上血迹斑斑，抢劫来的一台荷兰钟却装在一个干干净净的小袋子里。所以，水手作案是不可能的，就像我说的，你唯一的猜测也是经不起推敲的，整件事确实提不起我的兴趣。

"你的脑袋里有没有解决不了的问题？你思考过阿基里斯和乌龟这个古老的谜题吗？肯定没有，因为你知道这是一个无为的探求，因此，当你告诉我一个乡下姑娘失踪的故事时，我就简单地把它归到无法解决的难题之列，根本没有去多想，结果是我错了。如果你还记得，你立刻又说了一件你更为关注的事情，因为这件事和你本人有关。我就不重复打火石等每一个细节了。

"开始，我觉得它们会不会是孩子们玩的小把戏，但你拿给我看的箭头顿时唤起了我强烈的兴趣。我发现，这些箭头和一般的箭头完全不同，它们真的非常离奇。我刚到这儿调查时，我的脑海里反复出现你说的信号。先是军队的信号，打火石排成几行军队，箭头指向同一个方向，然后是轮辐，组成碗的图形，接着是三角形或者说是金字塔，最后是半月形。说实话，我努力想揭开这件神秘事件的面纱，满脑子全是各种各样的猜测和推断。

"你会理解这是一个双重难题，更可能是一个三重难题。最起码我得问自己，这些图形是什么意思？还有，谁可能会是这些图形的设计者？另外，谁可能会拥有如此价值连城的东西，甚至是知道它们有价值还随手扔在路边？这一连串问题让我猜测，这个人（或不止一个人）并不清楚这种独特的打火石箭头的价值，但我没有再去细想。最后，墙上出现的眼睛，让问题变得更加复杂了。

"你记得吧，我们没法回避这么一个结论，即这两起事件系同一个人所为。这些墙上眼睛的奇怪位置使我不得不问起你的邻居中是否有侏儒，但我发现没有一个人是侏儒，我还发现每天路过的孩子们跟这件事情没有一点关系。可我认定，不论是谁画了这些眼睛，身高肯定在三英尺半到四英尺之间。当时我就指出，任何人站着作画时都会本能地选择与脸平齐的位置画画。然后是眼睛的奇特形状，明显带着蒙古人的特征，英国的乡下人根本没有这样的概念。

"最后一个让问题扑朔迷离的原因是一个明显的事实，即作画者（或作画者们）肯定能在黑暗中看清东西。如你所说，一个在地牢中被关押多年的人具备这种能力，但在现在这个年代，欧洲哪儿还能找到这样的监狱呢？我想，会不会有哪个被长期关押在可怕的蒙古式地牢中的水手跑出来呢？尽管这个问题似乎是无的放矢，但也并非绝无可能。我们可以假设受雇于某条船的一个水手或一个人是侏儒，但怎么解释一个普通水手会拥有史前的箭头呢？这些神秘的打火石信号和杏仁形状的眼睛又是什么意思，用意何在？

"你推测是蓄意入室行窃，但从一开始，我就认为这个推断根本站不住脚。老实说，为了想出一个站得住脚的假设，我彻底陷入了迷惑之中。正巧，一件事让我理清了头绪，那就是可怜的特瑞福老头子。你提起他的名字和他女儿的失踪，这让我想起早已忘记的故事，或者说是没有多加留意的故事。就问题本身而言，确实如此。然而，假如女孩失踪和折磨着我的这些匪夷所思的事情有着联系呢？我把自己关在房间里，竭尽全力排除心中的成见，将每一件事回想一遍，希望能想出一个假设，即安妮·特瑞福的失踪跟打火石信号和墙上的眼睛存在某种联系。

"这一假设并没有使我明白事情的真相。我绝望了，差一点半途而废。这时，我想起碗来，可能它关系重大。你知道，在萨里（译注：英格兰地名），有魔鬼的'宾治盅'之说，它让我联想到这个符号可能跟乡下的地形有关。我把这两个毫无关联的事物放在一起，于是决定到失踪女孩走过的那条路附近寻找碗状的凹坑。

"我是如何找到的,你都知道了。根据自己的知识,我诠释了所有信号的含义。先看第一个,队伍,意思是'在凹坑中聚居着一群人,或要举行一次集会,两星期(这就是半月的含义)后要看金字塔,或建造金字塔。'一个一个画到墙上的眼睛,显然是在计算天数。我知道只有十四只,不会再多。这样一看,就简单明了了。

"我不必费神去查究这个集会的性质,或谁会聚居在这些荒僻山中最恐怖的地方了。在爱尔兰、中国或美洲西部,很容易就能找到问题的答案:绿林好汉的山寨、秘密社团的聚会。事情本身非常简单,但在英格兰这个偏远的角落,居住着一个不为人知的部落,这种猜测根本没有人相信。但我知道,我应该趁机去察看这个集会。我并不在意这种徒劳无益的调查可能会使自己卷入麻烦。代之以理性的判断,我突然有了一个疯狂的奇想:我想起人们对安妮·特瑞福失踪的谈论,她'被小精灵带走了'。我告诉你,伏恩,我和你一样,是心智健全的人,我相信自己的头脑中从来不会产生任何疯狂的念头,因此,我尽最大可能想甩掉这一奇想。

"这时,小精灵的老称谓'小矮人'一下子提醒了我。我相信,他们很可能就是依然居住在这个国家的史前特图瑞尼人,他们一直生活在洞穴中。这时,我一下子意识到,他们正是我在寻找的不足四英尺高的人,习惯于居住在黑暗中,使用石器,长得跟蒙古人差不多。

"伏恩，我要告诉你，要不是昨晚你亲眼见到，我还羞于跟你讲这些奇想。要不是你亲口说出实情并加以印证，我还真的怀疑自己觉察到的证据呢。你和我总不能面对面地看着，假装经历一场错觉吧。你紧挨着我，躺在草地上时，我感觉到你浑身颤抖不已。借着火焰的光亮，我看到了你惶恐的眼睛。因此，我毫无愧疚地告诉你，我的推断是正确的。

"还有一件最为明显的事令我极度困惑。我告诉你我是如何破解金字塔信号的。这是个集会信号，邀集众人去看金字塔，这个符号的真正含义在最后一刻却从我的脑海里溜走了。我早该从神秘的符号和火的逻辑推理中找到答案，却始终没有想出答案来。

"我想，我还得再说几句，即使预见到将要发生的事情，我们也是无能为力的。哦，摆放这些信号的特殊地点？是的，这个问题提得好。到目前为止，我能判断，这所房子处于山区的中心部位。你家菜园围墙下那块奇怪的古老石灰岩柱，是那些史前人进入不列颠之前碰头的地方。必须补充一点，我不会因为没有能力救出那个可怜的女孩而自责。你看到那些密密麻麻聚集在凹坑中不停翻腾着的东西，它们长得如此丑陋，如此恶心。可以肯定，困在它们中间，谁也别想活命。"

"所以？"伏恩问道。

"所以，女孩在金字塔形的火焰中死去了。"代森答道，"而'小精灵'重新钻进了黑暗世界，钻入了大山下的地底。"

哈喽！圣·乔治

八万守军即将溃退，当局有充分的理由为其辩解。在这个最可怕的日子，毁灭和灾难近在咫尺，遥远的伦敦笼罩在失败的阴影之中。人们抵御的勇气每况愈下，战场上军队的痛苦已深入了他们的灵魂。

在这灾难性的一天，三十万全副武装的军人带着大炮像洪水一样向英军扑来。我们战线上有一个据点已经处于极度危险中，这不仅仅是战败的危险，而且是全军覆灭的危险。军事专家认定，这一据点可以称作为突出阵地，倘若敌人彻底攻陷这一据点，英军阵线从总体上将完全崩溃，一发不可收拾，左翼盟军就要被歼灭，色当也将不可避免地步其后尘。

整个早晨，德国人的炮火一直对着这个突出阵地和阵地上的千余守军狂轰滥炸。人们拿炮弹开玩笑，为它们取些滑稽的名字，拿它们来打赌，哼唱着引人苦笑的曲子迎接它们。但炮弹飞至，猛烈地爆炸，将这些善良的英国人炸得血肉横飞，骨肉离散。随着气温的升高，令人恐怖的连续炮轰也愈演愈烈，人们似乎只能坐以待毙。虽然英军的大炮制造精良，但数量太少，完全无法匹敌，在敌军连续猛烈的攻击之下，大炮成为废铜烂铁的摆设。

这场景让人想起在海上遭遇风暴时，总是这样彼此安慰："这是最恶劣的情况了，风暴不会再大了。"紧接着便是一场十倍于此的狂风暴雨。英军战壕里的情形就是如此。

世上再没有比这些守军更有勇气的人了。德国人正以猛烈七倍的炮击对着他们反复地狂轰滥炸。炸弹落到他们身上，将他们吞没、毁灭，此时此刻，他们胆战心惊，魂不守舍。从战壕里战战兢兢望出去，黑压压的人群正向他们的战线压过来。一千人的队伍只剩下五百人，而他们目光所及，德国步兵正在向他们稳步推进，一路纵队接着一路纵队，一律灰色制服，足足有一万人。

根本毫无幸存的希望了。一些人开始相互握手，有人悲怆地演唱一首新改写的战地歌曲："再见，再见，蒂帕雷利，"结尾是："我们不该来到这里。"

所有人都在有条不紊地扣动扳机。军官们指出，如此不慌不忙的高水准射击难得一见。德国人一列列地倒下。来自蒂帕雷利的那位幽默专家问："悉尼大街是什么价？"仅有的几门大炮也在尽力反击。然而，每个人都清楚地知道，所有这一切，已经起不到任何作用了。成连成营的德国士兵倒下死掉，但后面的人又一拨一拨地往前压过来，密密麻麻，人头攒动，一眼望不到边。

"世界不会有末日，阿门。"一位英国士兵一边瞄准射击，一边咕哝着不相干的话。然后，他莫名其妙地想起伦敦一家奇特的素食餐馆。他曾在那里吃过两次假牛排，实则是小扁豆和坚果做成的肉饼，用一个奇怪的盘子装着。这家餐馆的所有盘子上都印着蓝色的圣·乔治像，上面还有一行拉丁文写的名言：愿圣·乔治保佑英国人。

这位士兵恰巧懂拉丁文，这会儿，他一边冲着三百码外正向前进攻的灰色人群射击，一边虔诚地说着素食店的这句名言。他继续对着目标射击，最后，他右侧的比尔不得不用手猛敲他的头部，让他停止射击，告诉他国王的弹药都是花钱买的，不要轻易浪费在已经死掉的德国人身上。

当这位拉丁文学者祈祷时，他有一种介于颤抖与电击之间的感觉，这种感觉瞬间涌遍整个身体。战场上的喧哗声平息下来，他的耳中响起一阵轻柔的低语声，接着听到一个伟大的声音，以及比雷鸣还要震耳欲聋的呐喊："列阵、列阵、列阵！"

他的心忽热忽冷，热得像燃烧的炭火，冷得像三九的寒冰，仿佛有无数个骚动的声音在回应他的召唤。他听到，或者仿佛听到成千上万个人在高呼着："圣·乔治！圣·乔治！"

"哈！救世主！哈！圣者，让我们解脱吧！"

"圣·乔治保佑英格兰！"

"哈喽！哈喽！圣·乔治阁下，救救我们！"

"哈！圣·乔治！哈！一把长弓和一把硬弓！"

"天堂武士啊，快帮帮我们！"

这个士兵听到了这些声音，接着看到在他的面前，在战壕外面，有一长排朦朦胧胧、闪闪发光的人影。他们张弓待发，随着另一声呐喊，如雨的飞箭嗖嗖嗖地划破长空，射向德军。

战壕内的其他人一直在开枪。他们已经绝望，但仍在瞄准，就像在比斯利靶场射击时一样。

突然，有人用最简单的英语高叫起来。

"老天在帮我们的忙呢！"他冲着身边的人大声喊道，"快看呀，奇迹降临到我们的头上了！看那些灰狗子……先生们，看呐！你们看见了吗？他们既不是成打地倒下，也不是成百地倒下，而是成千成千地倒下呀。看！看！我给你说话这会儿，又有一个团的人倒下去了。"

"闭嘴！"另一个士兵一边瞄准，一边吼道，"你乱嚷嚷些什么？"

就在说话的间隙，他自己也已瞠目结舌，因为身穿灰色制服的德国人真的成千上万地倒下去了。英国人听得见德军军官惊恐万状的尖叫声，听得见他们向对方射击时左轮手枪发出的劈啪声，但德军仍在一列列地倒下。

精通拉丁语的士兵始终听得到这样的叫喊："哈喽！哈喽！阁下，亲爱的圣人，快来帮帮我们！圣·乔治帮帮我们！"

"高贵的骑士，保卫我们！"

铺天盖地的箭雨呼啸着射向敌阵，异教徒纷纷倒地毙命。

"再多一些机关枪！"比尔冲着汤姆大叫。

"别听他们的，"汤姆附和着喊道，"不管怎样，感谢上帝，他们遭到了惩罚。"

事实上，在英军的突出阵地前，德国人留下了一万具尸体。最后，色当平安无事。在德国这个科学至上的国家，参谋本部认为，可恶的英国人肯定是使用了某种不明的毒气弹，因为在死去的德军身上没有任何伤口。但那个尝过坚果做的牛排的人，知道是圣·乔治带着他的阿金库尔弓箭手前来助英国人一臂之力。

回家

呼啸的列车从西部风驰电掣地驶过阿克顿，激起一片飞扬的尘土。弗兰克·豪斯威尔磕掉烟斗中的灰烬，开始在列车包厢内收拾自己的报纸、礼帽、旅行包，还有最主要的东西——一个用牛皮纸小心包裹的文件夹。

他看看怀表，揣度道："六点三十分，五分钟后到达帕丁顿，仅仅晚点五分钟，真是难得。"不过，他庆幸得稍微早了点儿：还要再晚几分钟。火车速度开始越来越慢，传来吱吱的刹车声，最后戛然而止。

豪斯威尔朝窗外望去，沃姆伍德·斯格拉普斯的天空一片阴霾。他听到隔壁车厢有人正在解释火车晚点的原因，话语中透着对自己技术知识的骄傲——可以原谅的骄傲。"要知道,那些信号是针对我们这趟列车的,倘若列车开过去,一定会开上西天,一定会。"豪斯威尔又一次看表,用脚尖点着地面,不耐烦地想着何时才能到达帕丁顿。

随着一阵骚动,一辆下行列车擦肩驶过,然后,他们的这趟西部快车重新启动了。下行列车驶过时,豪斯威尔揉揉眼睛,抬头朝下行列车张望了一下,觉得在其中一节车厢里看到了自己的脸。只是一瞬间的事儿,他无法确定。

"一定是映像,"他想,"从一扇窗户的玻璃映到另一扇窗户的玻璃上。虽然如此,我还是觉得看到了自己的黑色外套,不过,我的外套是浅色的。当然只是映像罢了。"

快车平稳地驶入终点站——毕竟只晚点了十分钟。弗兰克·豪斯威尔带着杂乱的行李挤进一辆双轮双座马车,看到下车的人群蜂拥而至,急切地去取各自的行李。他庆幸自己只有少许行李和一个不算太大的行李箱。

"金斯顿大街153号!"压过站台上的嘈杂声,他冲车夫大声喊道。

不久,车子驾轻就熟地穿行在阴暗的街道上。青灰色的薄雾笼罩着大海、紫石楠和阳光普照的旷野,街道看上去比平时更加灰暗。弗兰克是一位非常受人喜爱的画家,他一直在德文郡和康沃尔郡之间采风作画:漫步深藏的小径,徘徊火红的果园,寻遍荒野和低地,闲游岩石众多的海滨和神奇多姿的峡谷。

在去康沃尔郡的路上，他见到许多具有神秘雕刻纹样的古十字架。十字架有的矗立在土墩上，标明此处为两条路的交汇点。他把文件夹放在身旁，对自己的画作感到由衷的喜悦。"我想，明年春天举办一个成功的画展。"他寻思着。可怜的人！他再也不能作画了，他们却毫不知情。

马车向西奔驰，在铃声中轻快地驶过正对公园的大楼。此时，豪斯威尔的思绪回到普利茅斯的旅馆，回忆在那儿结识的人。"是啊，科尔是个有趣的家伙，"他想，"很高兴把自己的名片给了他，露伊斯一定会和他友好相处。真奇怪，如果他把脸剃刮干净，胡须别'长得像豹似的'，就与我实在太像了。不久后我们肯定会见面，他说过以后有机会要来伦敦短暂逗留一阵的。我想他一定是个演员，我还从没见过如此模仿别人嗓音和姿势的家伙。不知道他昨天为何要急匆匆地离开。喂！到了，嗨，车夫，这就是153号。"

双轮双座马车的对开门砰地打开，庭园大门吱吱呀呀地响着。豪斯威尔登上台阶，用力敲门。女仆打开门，他说道："谢谢你，珍妮，女主人应该很好吧？"他一边说话，一边注意到女仆眼中隐含着怪异的神色，半是困惑，半是吃惊。他从她身边走过去，踏上楼梯，冲进装饰讲究的画室。妻子正躺在沙发上。他刚一进屋，妻子便尖叫一声站了起来。

"弗兰克！你这么快就回来了？真让我高兴！我还以为你可能离开一周呢。"

"你说什么呀，亲爱的露伊斯？我离家已经三个礼拜了，不是吗？更确切地说，我是在八月份的第一周动身去德文郡的。"

"是的，当然喽，亲爱的。可你昨天深夜回家了呀。"

"什么？昨晚回来了？我在普利茅斯过的夜。你胡说什么呀？"

"别逗了，弗兰克。你当然知道，十二点你按响门铃把我们全都叫起来。夜深人静时，出人意料地回家，这是你的一个习惯。要知道，上次信里你还说今天才回家呢。"

"亲爱的露伊斯，你一定是在做梦吧。昨晚我绝对没有回家，这是我住旅馆的结账单，瞧，上面的日期是今天早上。"

豪斯威尔夫人一脸迷茫地凝视着账单，接着，她起身摇铃。真热呀！伦敦街头闷热的空气几乎使得她透不过气来。

豪斯威尔在房间里来回踱步。突然，他停住步子，一阵颤栗。

"珍妮，我问你，昨夜十二点难道不是主人回家吗？今天一大早不是你替他叫车的吗？"

"是的，夫人，他是在夜里回来的，早晨是我叫的车，起码……"

"起码什么？是你把他接进来的。"

"是的,夫人,当然是我。不过,请原谅,先生,今早您吩咐车夫去斯坦布尼,因为您改变主意,不想去滑铁卢。当时我在想,您的声音怎么听上去不太自然。"

"上帝!你们都在说些什么呀?我绝对没有回家!我昨晚就在普利茅斯呢。"

"弗兰克!开什么玩笑!瞧,你把这个落下了。"

妻子递给他一个小小的银烟盒,盒上刻着他姓名的开头字母,这是妻子送给他的礼物。一天,他与科尔一起散步时把烟盒弄丢了。他在草丛中搜寻半天也没有找到,一直深感懊恼。

豪斯威尔握住这个小玩意儿,犹如身处梦境。"号外!号外!"报童的尖叫声透过打开的窗户传进来。

天色暗下来,就快黑了。突然,脑子里灵光一闪,他想到了科尔,想到了在擦肩而过的列车中瞥见的那张面孔,想到了那种透着怪异的相似。他知道是谁找到烟盒了。对于那个来过自己家的人,他也心知肚明。

女仆是个知趣的姑娘,早已溜之大吉。谁也不知道这天晚上弗兰克与妻子都谈了些什么,不过,他当天晚上就离家走了,据说是去了美国。第二年夏天来临前,豪斯威尔夫人离开了人世。

琴声

许多年前,已故诗人、戏剧家史蒂芬·菲力普斯卷入了一场稀奇古怪的麻烦之中,他刚离开南部海滨某处的住所——我想是在利特尔汉普顿或其附近。他离开那儿,是因为那里闹鬼。

流言就这样传开了,某报社派记者采访了这位诗人。史蒂芬·菲力普斯向记者讲述了他在那个住所的经历,的确不同寻常。具体细节我已忘记,令那位已故房客伤透脑筋的不寻常之处、说话声或幽灵也统统想不起来了。不过,毋庸置疑,房子确实闹鬼,而且闹得还挺厉害。

报纸将骇人听闻的"故事"登了出来,之后房东就控告相关人员,要求赔偿巨额损失。菲力普斯或报社压根没有想过要诋毁一幢房子,可房主指出，房子闹鬼一说登上报纸使得房子租不出去，正是报道的缘故，在过去的十八个月里，诗人住过的房间一直空着，由他照管。整件事情是如何收场的，我已忘得干干净净，不过，相信有人——诗人或报社，应当支付赔偿，而且我本人认为是报社。

这一事件给我提了一个醒，因此我声明，以下故事里所有的名字和地点均为虚构。没有叫库尔旅馆的地方，也没有叫康尼库尔的庭院，但情节千真万确。

不过，暂且假定其中的名字和地点与这个故事一样真实，可以把库尔旅馆安置在舰队街与霍伯恩之间的某处。穿过迷宫般弯弯曲曲的庭院与石板铺就的小巷，你就来到了这家旅馆。旅馆外面还装着防护用的铁杆，里面有一个小门厅，正门处摆放着精心制作而又非常古怪的"仿哥特式"作品。还有一棵枝繁叶茂的大桑树，于1755年种下，年代久远，用栏杆围着，一个叫阿塞广场的方形建筑，以及康尼院。

康尼院建于1670年，有九个房门。所有的建筑物都是暗红色的老式砖房；房门口装饰着古希腊科林斯式的壁柱，风格就像教堂法庭通道的老式门；门上雕刻的木制遮檐出自格瑞宁·吉布斯之手。但无论如何，康尼院有九扇门，也只有九扇门，这就是管家哈明斯收到一张支票时一脸茫然不知所措的原因。支票附条如下：

亲爱的先生——兹附上二十英镑支票一张，请笑纳。此为本人租住在库尔旅馆康尼院7B单人套间,而支付的本季度租金。

忠实的

米歇尔·凯沃尔

就这些。没有地址,没有日期。邮戳盖在字母N上。

这封信由1913年11月11日的头班邮件投递。按照不知由来、无法追溯的习俗,库尔旅馆的租金不是按英国人,而是按苏格兰人的季度清账日来支付的。11月11日正是圣马丁节,就此而言,没有什么不妥。

然而,康尼院并无7B号门,旅馆登记簿上也没有米歇尔·凯沃尔这个名字。在旅馆干了四十多年的门房十分肯定地说,在他工作的这些年里,门柱上从未有过门牌号。管家哈明斯先生被弄糊涂了。

当然,管家还是尽可能地进行了调查。他到住在6、7、8号房间的房客那儿问了一圈,一无所获。就像老式旅馆里通常的情况一样,房客来来去去鱼龙混杂,大体上是合法租住。有个入行不久的小本经营出版商,认为可以靠写诗付账。有几家遮遮掩掩、稀奇古怪的公司和联合组织开的办事处,其名诸如"特雷克西发展有限公司""J.H.V.N联合组织""马尾藻打捞公司秘书:G·纳西"等。

接下来是私人住户,其中一些人的首字母写在门柱上,如

"A.D.S""F.X.S",还有"尤金·希尔顿先生和夫人",而且这些名字不过就是旅馆房客的名字而已,因为白天从来看不到这些名字的主人。他们往往要在夜间等旅馆大门关闭之后才悄悄地溜回来,从阿塞广场潜行到康尼院,然后轻手轻脚、悄无声息地回到房里,目不斜视,一言不发。

管家询问了这些人,可没有人知道米歇尔·凯沃尔,而且有一两个人已经在其单人套间里住了三十年。次日(圣马丁的次日)恰逢人称"养老金"长老会的季度例会指定日,迷惑不解的哈明斯把问题提交给主席与长老,结果,他们决定什么也不干,静观其变。

从那以后,二十英磅的支票一个季度又一个季度地被邮寄过来,每次都附着同一格式的便条。没有日期,没有地址,邮戳仍旧压着代表北区的字母N上。

问题被定期地提交"协会","协会"定期地做出决定,什么也不干,静观其变。

到了1918年11月的圣马丁节,旅馆收到的支票仍与往常一样,唯一不同的是,信件内容有所变化。附信如下:

> 亲爱的先生,兹附上二十英磅支票一张,请笑纳。此为本人租住库尔旅馆康尼院7B单人套间而支付的本季度租金。
>
> 起居室的天花板上有一块湿霉斑,我想是因为瓦片破裂

造成的。

劳驾你立刻来察看一下。

忠实的

米歇尔·凯沃尔

管家瞠目结舌。无论康尼院,还是整个旅馆都没有7B号房间,那么,屋顶上怎么可能有漏洞!"协会"又怎么能去察看一个根本不存在的屋顶?

次日,哈明斯先生将此信提交"养老金"长老会,没有说一句话。主席全神贯注地读信,之后,十位长老聚精会神地读信。然后,其中一位恰好是律师的元老建议向凯沃尔先生的银行打听一下。

"有时要吓吓银行。"他充满希望地说。但凯沃尔先生的钱存在德尔森银行,该元老本该清楚的。哈明斯先生收到议院的信,通知说梅瑟斯·德尔森银行没有权利向无关人员透露其客户的情况。于是,这个问题被暂时搁置起来。

下一个季度的清账日又例行收到了凯沃尔的支票,但这次附信的语气已相当严厉。信中写道,提出的要求未获丝毫重视,结果湿斑已扩散到整个天花板,已有掉到地毯上的危险。信末写道:"劳驾你立即修缮!"

主席与长老们再次对该问题进行了合议。其中一位认为,整个事件是恶作剧者所为,另一位则说"简直是发疯"。这样的解释并不令人满意。既然如此,长老会再次决定,什么也不做,静观其变。

下一个季度的清账日旅馆没有收到支票,只有一封信,信上称,房客的家具都发霉了,下雨天他只得在地板上放个盆接水。凯沃尔先生最后说,他已决定停付租金,直到屋漏修补好为止。

接下来发生了更为古怪的事情,这就是此故事具有诽谤性之所在——如果真有一个叫库尔旅馆的地方,或者如果真有一个叫康尼院的建筑的话。

康尼院7号有三套单人套间,刚刚被腾空,几位律师或代理商,以及一位寡妇和她的女儿搬了进去。

"里面昏暗无光,不过很安静。"那位夫人对朋友介绍说。然而,现在她突然发现,房间里其实一点儿也不安静。每天晚上十二点、一点、二点或三点,她和女儿都要被雷鸣般的钢琴声吵醒。每次弹奏的都是同一首曲子,每次都迫使她们睡意顿消。寡妇向管家抱怨,管家便与旅馆的木匠一起赶来查看,声称对此无法理解。

"杰克逊和道林从未抱怨过。"他宣称。夫人则指出,杰克逊和道林每天晚上六点便离开旅馆了。

管家仔细地检查整个套间,注意到从一个房间里伸出了一段奇怪的楼梯。

"那是什么？"他问木匠。木匠说，那是房客用来堆放杂物的地方。

他们登上楼梯，走进一间阁楼。阁楼仅靠屋顶的一小片玻璃取光，这儿有一台旧得不成样子的钢琴，差不多一半的琴键都发不出声音了。还有一个发霉的旅行包，两双不成对的男式短袜，一条裤子，以及一些包着封皮、破破烂烂的巴赫赋格曲抄本。屋顶有一个漏洞，充满湿斑。

垃圾统统被清理掉了，阁楼也被打扫干净，并粉刷一新，之后再没有什么乱子了。

一年后，那位寡妇正与朋友一起听音乐会，突然气喘起来，她悄悄告诉朋友："这就是我给你提起过的可怕音乐。"

著名的钢琴家刚刚开始弹奏约翰·塞巴斯蒂安·巴赫的赋格曲 C 大调。

无论主席、长老，还是管家，他们再也没听到过康尼院 7B 号房客的消息。

图书在版编目（CIP）数据

潘神大帝／（英）阿瑟·梅琴著；李晓琳译．－－上海：上海文艺出版社，2020（2021.6重印）
（域外故事会神秘小说系列）
ISBN 978-7-5321-7587-1

Ⅰ．①潘… Ⅱ．①阿… ②李… Ⅲ．①中篇小说－小说集－英国－现代②短篇小说－小说集－英国－现代Ⅳ．① I561.45

中国版本图书馆CIP数据核字（2020）第047839号

潘神大帝

著　　者：[英] 阿瑟·梅琴
译　　者：李晓琳
责任编辑：蔡美凤　杨怡君
装帧设计：周艳梅
责任督印：张　凯

出　　版：上海文艺出版社
出　　品：上海故事会文化传媒有限公司
　　　　　（200020　上海市绍兴路74号　www.storychina.cn）
发　　行：上海文艺出版社发行中心
　　　　　（上海市绍兴路50号）
印　　刷：上海中华印刷有限公司
开　　本：889毫米×1194毫米　1/32　印张5.75
版　　次：2021年3月第1版　2021年6月第2次印刷
Ｉ Ｓ Ｂ Ｎ：978-7-5321-7587-1/I · 6036
定　　价：35.00元

版权所有·不准翻印

上海故事会文化传媒有限公司 出品（01030） www.storychina.cn
想看更多精彩故事？扫码下载故事会APP

上海故事会文化传媒有限公司所有图书可办理邮购,免收邮费(挂号除外)
汇款地址：上海市绍兴路74号(200020)；　收款人：上海故事会文化传媒有限公司出版发行部
联系电话：021-64338113
如发现本书有质量问题，请与印刷厂质量科联系 T:021-60829062